KB128119

ataraxia

ataraxia

이하늘 지음

"기억하게. 가치 있는 것은 반드시 스스로 찾아내야 해."

바다는 살며시 다가와 모든 것을 앗아가고 깊은 절망만을 남겨놓았다.
삶이 때때로 그러하듯이.

바른북스

· 목차 ·

프롤로그

안달루시아 평원의 작은 농촌 마을 엘 까미노. 달빛이 희미한 어느 늦은 밤, 고요한 정적을 깨고 누군가 대문을 두드렸다.

"쿵쿵, 누구 있습니까?"

이 마을에서 대를 이어 농장을 운영하는 디에고는 얕은 잠에서 깨어 밖으로 향했다. '끼이익' 그가 문을 열자 그곳에는 이국적인 외모에 덥수룩한 수염, 바닥에서 나뒹굴고 온 듯한 행색의 중년 남성이 서 있었다.

"누구시오?" 디에고가 물었다.

"아, 안녕하시오. 나는 근방을 여행 중인 사제입니다.

옆 마을에서 언덕을 넘어오던 중 강도들을 만나는 바람에 가지고 있던 짐을 모두 빼앗겼지 뭡니까. 늦은 시간에 미안하지만 하룻밤만 신세를 질 수 없겠습니까? 눈만 붙이고 새벽녘에 떠나겠습니다."

행색과는 어울리지 않는 환한 미소를 띠며 남성이 대답했다. 디에고는 늦은 시간에 낯선 이를 집에 들이는 것이 내키지 않아 거절하려고 했지만 문득 돌아가신 아버지께서 자주 하시던 말씀이 귓가에 스쳤다.

"대가를 바라지 않고 베푼 선행은 다소 시간이 지나서라도 반드시 돌아온단다."

"빈방은 많으니 그리하시오. 이쪽으로." 남성을 식당으로 안내한 디에고는 소리를 듣고 나온 아내에게 약간의 먹을 것을 부탁했고, 잠시 후 그녀는 빵과 햄, 약간의 치즈와 와인을 가져왔다. 사내는 고맙다는 말과 함께 게걸스럽게 음식을 먹기 시작했다.

"남편에게 듣자 하니 신을 섬기는 분이라고 하던데, 사실인가요?" 디에고의 아내는 다소 동양적인 외모에, 교회의 신부들과는 전혀 다른 옷을 입고 있는 사내에게 약간의 의구심을 느끼며 물었다.

"맞습니다. 성인이 되고 집을 떠난 이후로는 계속 이

일을 해오고 있지요. 허허." 입에 있던 음식을 삼키고 와인을 한 모금 마시던 사내가 대답했다.

"그런데 아무래도 이곳 출신은 아니신 것 같군요. 어디서 오셨길래 혼자서 여행을 하다가 이런 일을 당하신 거예요?" 걱정스러운 어조로 그녀가 물었다.

"어디서 왔는지보다는 어디로 가는지가 중요하겠지요. 껄껄." 한차례 호탕하게 웃은 사내는 말을 이어갔다.

"별일 아니니 걱정 마십시오. 신께서는 끊임없이 저에게 가르침을 주시는데 간혹 제가 도저히 못 알아먹는다 싶을 때면 이렇게 따끔한 방법으로 올바른 방향을 알려주시곤 한답니다." 디에고와 그의 아내는 눈을 마주치며 비슷한 생각을 했다. '좀 이상한 구석이 있지만 긍정적인 사람이군.'

"아, 그런데." 순식간에 음식을 먹어 치운 사내가 말을 꺼냈다. "보답을 해야 하는데, 댁의 평안을 위해 짧게 기도라도 해드리겠습니다. 가진 것도 없고 할 줄 아는 것도 이것뿐이라. 껄껄."

품 안에서 구슬이 꿰어져 있는 줄을 꺼낸 사내는 눈을 지그시 감고 그것을 손으로 하나하나 세어가며 작은 소리로 알 수 없는 말을 중얼거리기 시작했다. 디에고는 팬

찮다고 말하려 했지만 배려심 많은 아내는 사내가 그렇게라도 성의를 표시할 수 있도록 손을 들어 말없이 그를 제지했다. 잠깐의 어색한 침묵이 지나고 다시 눈을 뜬 사내가 말했다.

"아들이 자연에 대한 호기심이 많고 모험심이 아주 강한 아이군요. 나중에 많은 사람들에게 이로움을 주는 사내로 성장하겠습니다."

"감사합니다. 그렇게 되면 좋겠군요." 디에고는 여섯 살짜리 남자아이들이 다 그렇다고 생각했지만 내색하지 않은 채 대답했다.

"나중에 혹시 여행을 떠나게 된다면 아들에게 이것이 도움이 될 겁니다." 사내는 소매 안쪽에서 작은 구슬이 달린 목걸이를 하나 내어주며 말했다. 손가락 한 마디 크기의 작은 유리구슬 안쪽에는 검정색과 하얀색의 물결이 마치 하나인 것처럼, 또 다른 각도에서 보면 완전히 분리되어 있는 것처럼 뒤섞여 있었다.

밤이 깊었기에 디에고 부부는 빈방으로 사내를 안내하고 침실로 돌아왔다.

"행색은 좀 이상하지만 허튼소리를 하고 다니는 사람은 아닌 것 같던데. 이제 겨우 여섯 살인 마르코가 여행을 떠난다니, 그게 무슨 말일까? 이상한 구슬은 또 뭐고."
침대에 누운 디에고의 아내가 말했다.

"무슨 말이긴. 고맙다는 인사를 하고는 싶은데 가진 건
없고 그냥 주면 우리가 받지 않을 것 같으니 그냥 아이 얘
기를 한 거지." 디에고는 대수롭지 않다는 듯 대꾸했다.

"흠, 그런가… 아 그런데, 음식은 주방에 있던 거라 와
인만 저장고에서 꺼내 왔는데 그새 마르코 얘기를 한 거
야?"

"응, 그야 뭐…."

아내의 질문에 대답하려고 조금 전의 기억을 더듬던
디에고는 뭔가 이상한 점을 발견했다. 대문 안쪽으로 함
께 들어온 디에고와 사내는 바로 식당으로 향했고 빈방
으로 안내해 주기 전까지 계속 같이 있었다. 그들은 분명
히 마르코의 방 앞을 지나가지 않았고, 아들이 있다는 얘
기도 나누지 않았다. 침대에서 벌떡 일어나 사내의 방으
로 달려간 디에고는 떨리는 손끝을 진정시키고 노크를
한 뒤 문을 열었다. 방안에는 고요함만이 가득했다. 마치
아무도 들어오지 않았던 것처럼.

1
부

뜨거운 햇살이 내리쬐는 무더운 여름날, 한 청년이 한 낮의 열기를 피해 언덕 위 가장 큰 올리브나무에 기대어 낮잠을 자고 있었다. 마을이 한눈에 내려다보이는 이 언덕은 그가 어릴 적부터 즐겨 찾는 장소였는데 그의 할아버지는 항상 이곳에서 그와 친구들에게 흥미로운 모험에 관한 이야기들을 들려주곤 했었다. 단잠에 빠져 있던 청년은 익숙한 목소리에 잠에서 깼다.

　"야, 야 마르코!" 같은 마을에서 태어나 평생을 함께한 친구 카밀로였다. "무슨 낮잠을 그렇게 깊이 자는 거야? 두 번이나 불렀는데 듣지도 못하고."

친구의 투덜거림에 정신이 든 마르코는 조금 전 자신이 꾸었던 꿈에 대해 생각하기 시작했다. 끝이 보이지 않을 만큼 넓은 호수 위에 떠 있는 위풍당당한 범선과 처음 보는 화려한 옷과 장신구로 치장한 사람들. 이전에는 본 적 없는 특이한 모양의 나무와 그 밑에 놓인 휘황찬란한 빛을 뿜어내는 커다란 보석. 기억나는 내용은 없었지만 이 장면들은 마치 직접 경험한 적이라도 있는 것처럼 선명했고, 지난 한 달 사이에 벌써 세 번째 같은 꿈을 꾸었다.

"아, 그다음에 분명히 누가 나왔는데…."

혼자서 중얼거리는 마르코를 보며 카밀로가 물었다.

"무슨 소리야? 누가 어디에 나와?"

"아, 사실은 말이야…." 마르코는 단편적인 장면들뿐이지만 자신이 꾸었던 꿈에 대해 카밀로에게 자세히 설명해 주었다.

"에이 난 또 뭐라고. 그런 꿈이야 누구나 한 번씩 꾸지. 우리 현실과는 아무런 관계없는 내용이잖아. 아마 지난달 옆 마을 축제에서 만났던 선원이 해준 얘기가 인상 깊었나 보다."

이야기를 듣고 난 카밀로는 시큰둥한 표정으로 대답했다. 비록 나이는 같지만 카밀로는 충동적인 자신과 달리 매사에 이성적이고 아는 것이 많은 친구였다.

"그렇지만 똑같은 꿈을 여러 번 꾸는 게 흔한 일은 아니잖아, 넌 그런 적 있어?" 마르코가 물었다.

"흠, 그런 적은 없지. 모르겠다. 정 신경 쓰이면 그레타 할멈이라도 찾아가 보던지." 별 흥미가 없다는 듯 무심하게 말을 마친 카밀로는 양들을 데리고 돌아섰다.

그레타 할멈은 마을 가장자리에서 혼자 살고 있었는데 괴팍한 성격으로 인해 다른 사람들과 교류가 거의 없었다. 소문에 따르면 할멈은 이 마을에 오기 전에 먼 동쪽 어느 왕국의 점성술사였는데, 어느 날 잘못된 예언을 했고 높은 사람의 미움을 사서 얼굴에 낙인이 찍힌 채 추방당했다고 했다. 그래서인지 그녀는 늘 커다란 로브를 뒤집어쓰고 다녔고 마르코는 한 번도 그녀의 얼굴을 제대로 본 적이 없었다.

궁금한 것이 있으면 늘 생각보다 행동이 앞서는 마르코는 어느새 그레타 할멈의 집 앞에 도착했다. 하지만 그녀에게 제대로 된 인사도 건네본 적이 없었기에 차마 들어가지는 못하고 울타리 앞에서 서성거리고 있었다.

'역시 그냥 돌아갈까.'라고 생각하던 그 순간, 뒤에서 날카로운 목소리가 들려왔다.

"뭐야?!"

놀란 마르코가 돌아보니 언제나처럼 두터운 로브를 뒤집어쓰고 굵은 나무지팡이를 짚은 그레타 할멈이 서 있었다.

"아, 안녕하세요. 저는 디에고 씨의 아들인 마르코라고 합니다. 어… 사실은 제가 여쭤보고 싶은 게…." 당황한 마르코가 우물쭈물하는 사이 그레타 할멈은 그에게 눈길조차 주지 않고 집으로 향했다. 문을 열고 안으로 들어가는 할멈의 뒷모습을 보며 마르코는 역시 자신이 괜한 짓을 했다고 생각했다.

그때, 현관 안으로 한 발짝 들어간 할멈이 뒤로 돌며 나지막이 얘기했다. "들어와. 그렇게 멍청한 표정으로 계속 서 있을 게 아니라면."

마을 사람들 중 이 집에 들어온 건 분명 자신이 처음일 거라고 마르코는 생각했다. 창문이 작은 탓에 내부는 조금 어두웠지만, 예상과 달리 스산한 느낌은 전혀 없었다. 오히려 아른거리는 촛불과 바닥에 깔려 있는 붉은색 카펫 덕분에 아늑한 느낌이 드는 공간이었다. 거실 벽 한쪽을 가득 채운 선반에는 할멈이 모아놓은 여러 가지 조각상들이 올려져 있었다.

말이 아닌 소의 등에 타고 있는 소년, 네 개의 팔을 가진 춤추는 사람, 무시무시한 얼굴을 한 채 손에는 무기를 들고 있는 남성 등 많은 조각상이 있었는데 그중 가장 마르코의 시선을 끄는 것은 얇고 넓적한 잎을 가진 아름다운 꽃이었다. 자세히 들여다보니 겹겹이 둘러싸인 꽃잎 가운데에는 작은 보석이 놓여 있었다. 마치 무언가에 홀린 듯 그것을 물끄러미 바라보는 마르코의 마음속에는 아무런 생각도 떠오르지 않았다.

"그만 두리번거려. 뭘 훔치러 온 게 아니라면. 그리고 물어볼 게 있거든 빨리 물어보고 돌아가."

할멈의 목소리에 마르코는 고개를 돌렸다. 테이블에 앉은 할멈은 항상 걸치고 다니던 로브를 벗고 있었는데 마르코의 생각과는 너무나 다른 모습이었다. 나이에 걸맞게 주름이 많았지만 할멈의 인상은 괴팍함과는 거리가 멀었고 오히려 인자해 보였다. 얼굴에 흉터 같은 것은 없었으며 크고 동그란 눈은 아주 맑고 생기가 가득했다.

"그만 두리번거리라고 했더니 이젠 내 얼굴을 뚫어져라 쳐다보고 있군." 잠시 넋을 잃은 마르코에게 할멈이 말했다.

"아, 죄송해요. 제가 생각했던 것과 너무 다른 모습이셔서 그만." 정신을 차린 마르코가 대답했다.

"사람들은 원래 보이는 것만 가지고 멋대로 이야기하길 좋아하지. 내면은 잘 들여다보려고 하지 않아. 아무튼 쓸데없는 얘기는 그만두고 왜 나를 찾아 왔는지 용건이나 말해."

마르코는 카밀로에게 했던 것처럼 최대한 자세히 꿈 이야기를 하고 나서 할멈에게 물었다.

"이게 무슨 꿈일까요?"

마르코의 이야기를 듣고 나서 눈을 감고 잠시 중얼거리던 할멈은 곧 눈을 뜨고 이야기했다.

"너는 먼 곳으로 여행을 떠나게 된다. 감당하기 어려운 상황을 여러 번 마주하게 될 거고 스스로 이겨내지 못할 때는 누군가 나타나 도움도 주겠지. 멀고 힘든 길이지만 중간에 포기하지 않고 그곳에 도착하면 결국 넌 그곳에서 숨겨진 보물을 찾게 될 거야."

명확한 해석을 기대하고 찾아왔던 마르코는 다소 막연한 할멈의 이야기에 조금 맥이 빠지는 것 같았지만 '숨겨진 보물'이라는 단어가 그의 주의를 끌었다.

　"숨겨진 보물이라구요? 많이 있나요?"

　"네가 지금껏 상상도 해보지 못했을 만큼 있지." 할멈은 무덤덤한 어조로 얘기했지만 마르코의 심장은 요동치기 시작했다.

　"하지만 보석이 나오는 꿈을 꾼다고 해서 누구나 보물을 찾게 되는 건가요?" 의아해진 느낀 마르코가 물었다.

　"사람은 누구나 꿈을 꾸지. 하지만 아주 적은 수의 사람들만이 꿈을 현실로 만들어 낸다. 그 이유가 뭘까?" 마르코가 미처 대답할 틈을 주지 않고 할멈이 말을 이어갔다.

　"대부분의 사람들은 용기가 없기 때문이야. 변화를 감당할 용기, 똑바로 서서 미지의 두려움을 마주 볼 용기, 손에 가지고 있는 것을 놓아버릴 용기, 그리고 무엇보다도…." 그녀는 잠시 뜸을 들인 뒤 읊조리듯 말했다. "자신이 진정 누구인지 스스로 알아낼 용기."

　'용기가 있어야 보물을 찾을 수 있다는 말인가?' 보물에 대해 더 알고 싶은 마르코가 물었다.

　"그렇다면 왜 어떤 사람은 용기가 있고 다른 사람은 없는 거죠? 그것도 머리카락이나 눈동자 색깔처럼 타고나는 겁니까?"

"그렇지 않아. 사실 용기라는 건 별 대단한 것도 아니고 누구에게나 있다. 어릴 적에는." 할멈은 유독 '어릴 적'이라는 단어에 힘을 주며 얘기했다.

"네 살배기 꼬맹이들은 무릎에서 피가 나게 될지도 모르지만 돌부리가 튀어나온 비탈길을 전속력으로 뛰어 내려가지. 팔이 부러질 수도 있지만 맨손으로 나무 판자를 기어올라 새 둥지가 어떻게 생겼는지 보려고 해. 왜 그렇게 무모한 행동을 눈만 뜨면 끊임없이 해대는 걸까?"

갑작스러운 질문에 마르코는 잠시 생각을 하고 얘기했다. "그야… 아직 어려서 무슨 일이 일어날지 모르니까 그러는 게 아닐까요?"

"클클…." 처음 본 할멈의 미소는 맑은 눈동자와 어우러져 편안한 느낌을 주었다. 깊이 팬 주름 너머로 마치 어린 소녀의 얼굴이 보이는 것 같았다.

"미래에 무슨 일이 일어날지 미리 아는 것은 중요하지 않아. 어차피 아무도 모르니까. 그보다 중요한 건 아이들에겐 두려움이 없다는 거지. 의도치 않은 일이나 예상치 못한 일이 생겼을 때의 후회나 고통, 절망에 대한 두려움이 전혀 없기 때문에 언제나 직감에 따라 행동할 수 있는 거다. 그렇지만 누구나 나이를 먹으며 점차 두려움을 배우고 비좁은 울타리 안에 스스로를 가두게 되지. 그렇게 시간이 갈수록 타고난 용기는 억압되어 자취를 감추고 두려움만 점점 커져서 아무것도 하지 못하게 되는 거야. 안타까운 일이지. 그런데 맨손으로 여기까지 찾아와서 뻔뻔하게 이것저것 물어대는 걸 보니 너는 아직 가능성이 있어 보이는군."

할멈의 말에 멋쩍게 웃으며 마르코가 물었다.

"하하… 그나저나 여행이라고 하셨는데 보물을 찾으려면 제가 어디로 가야 하죠?"

"그건 누가 알려줄 수 있는 게 아니야. 하지만 네가 진심으로 원한다면 도움이 될만한 것들이 네 앞에 나타날 거다. 그것이 사람이면 은인일 테고 뭔가를 암시하는 사건이나 물건일 수도 있겠지. 하지만." 강한 어조로 할멈이 말을 이어갔다.

"그게 뭐가 되었든 네가 알아보지 못하면 아무 소용이 없어. 그러니 항상 마음을 연 채로 눈을 크게 뜨고 귀 기울여야 해." 아리송한 할멈의 말을 되새기던 마르코에게 그녀가 말했다.

"이제 그만 나가. 그리고 오늘 일은 다른 사람한테 얘기하지 마. 피곤한 건 질색이니까." 그렇게 쫓겨나듯 집 밖으로 나온 마르코는 좀 전에 나눈 대화를 되뇌며 집으로 향했다.

이튿날 오후, 마르코는 아버지를 따라 농장 한편에 위치한 작은 건물로 향했다. 마르코의 할아버지가 창고로 사용했던 이 건물을 개조해서 축사로 사용할 계획이었다. 오랫동안 사용하지 않았기에 문을 열자마자 매캐한 곰팡이 냄새가 올라왔고 여기저기 수북이 쌓인 먼지와 창문을 가득 메운 거미줄이 눈에 들어왔다.

　마르코는 나무 의자를 밟고 올라가 선반 위에 올려진 책들을 먼저 정리하기 시작했다. 그의 할아버지는 마을에서 가장 많은 책을 가진 사람이었고 그 영향으로 마을 청년들 중 책을 읽을 수 있는 건 마르코가 유일했다.

먼지를 한쪽으로 밀어내고 구석에 포개진 책을 꺼내던 마르코의 눈에 한 권의 책이 들어왔다. 두꺼운 책들 사이에 있는 작은 책이었는데 특이하게도 표지에 아무런 글씨가 없었다. 선반 가장자리에 있던 그 책을 향해 마르코는 팔을 최대한 뻗었고 그 순간 오래된 나무 선반이 무게를 이기지 못하고 마르코와 함께 큰 소리를 내며 바닥으로 떨어져 버렸다.

"마르코! 다친 덴 없니?" 반대쪽에서 오래된 농기구를 정리하던 아버지가 다급하게 물었다.

"아야야, 괜찮아요. 다행히 선반이 옆쪽으로 떨어졌어요." 넘어지며 땅에 부딪히는 바람에 욱신거리는 등을 부여잡고 마르코가 대답했다.

선반 위에 있던 책들이 한 번에 쏟아지는 바람에 어지럽게 뒤섞여 있었고 문제의 그 책도 펼쳐진 채 바닥에 떨어져 있었다. 마르코는 책을 집어 들고 읽기 시작했다. 절반 정도만 쓰인 책이었는데 그조차도 많은 페이지는 찢어져 온전하지 않았다. 일기 형식의 짧은 글들이 있었는데 글씨체로 보아 자신의 할아버지가 쓴 것 같았다.

"꺾이지 않는 자신만의 원칙과 어떤 상황에도 응대할 수 있는 유연한 태도. 내면에 이 둘을 조화롭게 지녀야만 삶에서 언제나 올바른 길로 나아갈 수 있을 것이다."

할아버지는 분명 그런 사람이었다. 바람결에 나부끼는 갈대 같은 유연함과 커다란 바위 같은 단단함을 함께 지니고 있는. 그와 함께했던 시간을 회상하며 글을 읽던 마르코의 시선이 한 문장에 고정되었다.

"비슷한 꿈이 계속해서 반복되었다. 이국적인 외모의 소년이 나를 향해 손짓했고 내 손을 잡은 소년은 어디론가 나를 데려갔다. 우리는 처음 보는 도시에 있었고 많은 사람들에 둘러싸여 있었다. 어떤 의미나 일관성도 알아차리기 어려운 꿈이었지만 알 수 없는 어떤 힘이 나에게 말을 걸고 있었고 나는 거기에 따라야 한다는 것을 직감을 통해 알고 있었다."

마르코의 그것과 내용은 판이하게 달랐지만 같은 꿈을 반복해서 꾼 것은 자기에게만 일어난 일이 아니었다. 마르코는 미묘한 전율을 느끼며 계속 읽어나갔다.

"모든 것이 동쪽을 가리키고 있다. 지금으로서는 무엇을 찾는지조차 명확하지 않지만, 동쪽 끝으로 가면 분명히 찾을 수 있을 것이라는 확신이 생겼다. 방향을 알았으니 이제 필요한 유일한 것은 떠나는 것이다."

여기까지 읽었을 때, 갑자기 어딘가에서 그레타 할멈

의 목소리가 들리는 듯했다. "도움이 될만한 것들이 네 앞에 나타날 거야." 글을 읽는 순간에 마르코는 자신이 마치 시간을 뛰어넘어 할아버지와 함께 있는 것 같다고 느꼈다.

하지만 이내 의아함을 느꼈다. 그가 알기로 자신의 할아버지는 평생 이곳에 살았기에 이 글이 할아버지 것인지 확신할 수 없었다. 마르코는 아버지에게 자신이 발견한 책을 보여주며 할아버지의 것이 맞는지 물어보았다. 책장을 넘기며 훑어보던 아버지는 미소 지으며 말했다.

"오, 이런 게 남아 있었군. 할아버지 유품이 맞는 것 같구나."

"하지만 할아버지는 평생 이 마을에 사셨잖아요?" 마르코가 물었다.

"그렇지. 하지만 할아버지는 젊을 때 멀리 여행을 떠나신 적이 있어. 내 할아버지께서 심히 반대하셨고 때문에 쫓겨나다시피 떠나셨지. 긴 여행에서 돌아오셨을 때 할아버지는 이미 돌아가셨고 그 때문인지 여행에 대해서는 별로 말씀을 하신 적이 없단다. 그래서 네가 알지 못했을 거야."

처음 듣는 이야기였지만 마르코는 그 여행에 대해 조

금 알고 있었다. 그가 어릴 적에 빛나는 눈으로 귀 기울였던 모험 이야기는 책에서 얻거나 아무렇게나 지어낸 것이 아닌, 할아버지 자신의 이야기였던 것이다. 마르코는 더 알고 싶었지만 그 뒤로는 아무것도 씌어 있지 않은 빈 책이었다.

"그래서, 할아버지는 어디를 다녀오신 거예요? 거기서 뭘 찾으셨대요?" 다급해진 마르코가 물었다.

"글쎄, 그 일은 내가 태어나기도 전이고 좀 전에 말했듯이 여행에 대해서는 자세히 얘기하신 적이 없단다. 바다를 건너서 구자라트라는 동쪽의 먼 나라에 다녀오셨다고 했지. 뭘 찾으셨다거나 그런 이야기는 전혀 없었어. 다만, 그 여행에서 돌아오시던 길에 너희 할머니를 만나셨다며 늘 기분 좋게 웃으셨지. 하하. 그나저나 얘기는 나중에 마저 하고 해가 지기 전에 이쪽 코너까지 얼른 마무리하자꾸나."

말을 마친 아버지는 다시 정리를 시작했다. 마르코도 함께 움직였지만 그의 마음은 온통 다른 곳에 가 있었다. 동쪽, 구자라트 왕국, 반복되는 꿈. 마르코는 아직은 그림을 알 수 없는 퍼즐의 몇 조각을 찾은 것 같은 기분이 들었다. 자신의 할아버지가 느꼈던 그 알 수 없는 힘이 이

제 자신에게 말을 걸어오는 것만 같았다. 이제 너의 차례
가 되었다고.

"이제 필요한 유일한 것은 떠나는 것이다."

일기장 속의 한 문장이 마르코의 머릿속에서 계속 메아리쳤다. 마치 돌아가신 할아버지가 자신에게 속삭이듯이.

결국 그날 밤, 마르코는 부모님에게 여행을 떠나겠다고 말씀드렸고 부모님은 말없이 서로를 마주 보았다. 눈빛을 통해 짧은 무언의 대화를 나눈 뒤 아버지는 방에서 가죽 주머니 하나를 가지고 나와 마르코에게 건넸다.

"네가 결혼할 때를 대비해 모아둔 돈이란다. 여행 중 필요한 곳에 쓰도록 해라." 잠시 어색한 침묵이 흘렀다. 마르코는 적잖이 당황스러웠다. 어머니는 어려서부터 늘 자신의 안위를 누구보다 걱정하는 분이었기에 반대하실 것이 분명했다. 그리고 아버지는 충동적인 자신과 달리 매사에 철두철미한 계획에 따라 행동하는 사람이었기에 나름의 계획을 설명드리려고 했다. 하지만 그의 예상과 달리 부모님은 아무것도 묻지 않았다.

"어디로 가는지 묻지 않으세요?" 정적을 깨고 마르코가 물었다.

"글쎄, 궁금하긴 하지. 하지만 그걸 알게 되면 걱정하는 마음이 앞서서 네가 가는 길을 막을 것 같아. 그래서 묻고 싶진 않구나." 아버지가 대답했다.

"안 된다고 하실 줄 알았어요." 이번엔 어머니를 바라보며 마르코가 말했다.

"그런 마음이 없다면 거짓이겠지. 너희 증조할아버지도 분명 그런 마음이셨을 거야. 하지만 할아버지가 떠나지 않으셨다면, 그래서 할머니를 만나지 못하셨다면 너희 아버지도 세상에 없었겠지. 결국, 사랑하는 너를 만나게 된 것도 생각해 보면 할아버지께서 떠나셨기에 가능했던 일이란다. 그런데 어떻게 내가 너를 잡을 수 있겠니. 다만, 어디에 있든지 늘 건강 잘 챙기고 견디기 힘든 어려움이 생기면 언제든 집으로 돌아오렴."

마르코에게 대답하는 어머니의 목소리는 언제나처럼 따뜻하고 부드러웠다. 이후로 그들은 마르코의 어린 시절에 대해 이야기했다. 기억도 나지 않을 만큼 여러 번 반복했던 이야기였지만 어린 자식과 함께했던 과거를 회상하는 부모님의 표정은 늘 경이로움으로 가득했다.

잠시 후, 대화를 마친 마르코는 부모님의 볼에 입을 맞추고 나와 자신의 방으로 갔다. 어린 시절에 언제나 그의 앞에서 두 팔 벌려 위험을 막아주던 부모님은 어느새 그의 뒤에 서서 등을 밀어주고 계셨다. 오늘의 대화는 예상치 못한 전개였지만 돌이켜 생각해 보니 자신에 대한 그들의 태도는 늘 한결같았다. 조건 없는 믿음과 기다림은 사랑의 또 다른 이름이었다.

설레는 마음에 뜬눈으로 밤을 지새운 마르코는 동틀 무렵 서둘러 카밀로의 집으로 향했다. 기억조차 나지 않는 어린 시절부터 평생을 함께한 카밀로는 마르코에게 친구이자 형 같은 사람이었다.

　"카밀로! 카밀로!" 말에게 먹일 건초더미를 챙기기 위해 창고로 향하던 카밀로는 심드렁한 표정으로 대꾸했다.

　"너 아침부터 또 무슨 엉뚱한 생각을 했길래 그렇게 들떠 있는 거야?"

　"카밀로, 나 여행을 떠나기로 했어." 평소보다 더욱 활기찬 어조로 마르코가 얘기했다.

"날도 더운데 갑자기 웬 여행? 세비야라도 다녀올 생각이야?"고개를 들지도 않은 채 카밀로가 대꾸했다.

"아니야. 동쪽 끝이라고 했으니 보물을 찾으려면 구자라트 왕국이라는 곳으로 가야 해. 그러려면 멀리 가는 배가 필요할 테니 우선 말라가로 가야겠지."마르코는 그레타 할멈을 찾아갔던 일과 할아버지의 일기장에 대해 빠짐없이 이야기했다.

카밀로는 잠시 할 말을 잃은 채, 새로운 장난감을 발견한 다섯 살 아이처럼 들떠 있는 친구를 바라보았다. 그리고 이내 깊은 한숨을 쉬며 말했다.

"휴우. 야. 너 지금 거기가 얼마나 먼 곳인지 알고 하는 말이야? 날씨가 도와줘도 배를 꼬박 두세 달은 타야 해. 멀기도 멀지만 무역상들이 많이 다니는 곳이라 운이 나쁘면 해적을 만날 수도 있고. 그리고 지난여름에 떠난 항해에서는 동쪽으로 가는 중에 폭풍우를 만나서 집채만 한 배가 두 척이나 침몰하고 살아 돌아온 사람도 없대." 어린아이를 다독이듯 카밀로가 차분한 어조로 말을 이어갔다.

"너 지금 너무 흥분한 것 같은데. 진정하고 잘 생각해 봐. 너희 아버지는 마을에서 가장 큰 농장을 가지고 있고

양이랑 말도 엄청나게 많지. 이제 우린 곧 결혼도 해야 하는 나이야. 어제까지만 해도 알지도 못했던 할멈 말을 듣고 다 내팽개치고 떠난다는 게 말이나 되는 소리냐고. 게다가 확실하게 보물이 있는 것도 아니잖아?"

'당연히 확실한 건 아무것도 없지. 아직 가보지 않았으니까.' 마르코의 마음이 외쳤지만 입 밖으로 말하지는 않았다. 사실 그도 멀고 위험한 여행이라는 건 알고 있었다. 그래서 내심 카밀로가 자신의 결정을 지지해 주기를, 그로 인해 약간의 위안을 얻을 수 있기를 바라고 있었다.

비슷한 환경에서 자란 가장 친한 친구였지만, 세상을 바라보는 방식까지 같을 수는 없었다. 오랜 친구와 잠시 헤어져 다른 길을 갈 시간이 되었다고, 그의 마음이 속삭였다.

"그러네. 네 말도 일리가 있어. 다시 한번 깊이 생각을 해봐야겠다." 서로의 의견이 다를 때도 카밀로와 이야기하는 것을 좋아했던 마르코였지만 이번엔 조용히 돌아섰다. 타인의 의견을 존중한다는 것이 꼭 자신의 생각을 바꿔야 하는 것은 아니라고, 마르코는 생각했다.

조금씩 멀어져 가는 친구의 뒷모습을 바라보며 카밀로는 왠지 모르게 어깨가 으쓱해졌다. 잘못된 길을 가려고 하는 어린아이 같은 친구에게 조금 성숙한 조언을 해준 것 같아 마음이 뿌듯했다. 그는 직접 가보지 않은 길에 대해 속속들이 알고 있는 것처럼 말하고 행동했다. 많은 어른들이 그렇게 하듯이.

마르코가 남쪽의 항구도시 말라가를 향해 길을 떠난 지 어느덧 6일째가 되었다. 양들의 울음소리와 바람에 실려 오는 향긋한 풀 내음. 내리쬐는 한낮의 태양을 견뎌 내며 각자의 아름다움을 뽐내는 들꽃과 그 위로 우아하게 춤을 추는 벌과 나비들.

어린 시절부터 수없이, 매일같이 봐왔던 익숙한 풍경이지만 가끔 모든 것이 새롭게 느껴지는 순간이 있었다. 그럴 때면 마치 자연이 자신에게 말을 걸어오는 것 같다고 마르코는 생각했다.

그리고 지금, 그는 저 멀리 보이는 언덕 너머에서 한 번도 느껴본 적 없는 새로운 바람이 불어오는 것을 느꼈다. 햇빛에 달궈진 뜨거운 대지와 공기를 단번에 식혀줄 수 있을 만큼 맑고 시원한 바람이었다. 마르코는 그 언덕 너머에 바다가 있음을 직감했다.

"와…." 언덕 위에 오른 마르코는 처음 보는 풍경에 옅은 탄식을 내뱉었다. 왼쪽 산등성이에서 시작된 높고 견고한 성벽은 능선을 따라 해안까지 이어져 있었다. 그 오른편으로는 붉은색 기와지붕과 하얀 천막으로 뒤덮인 도시가 내려다보였다. 부둣가에 줄지어 선 배들은 멀리서 보기에도 엄청난 크기를 자랑했고 갈매기의 울음소리와 출항을 알리는 나팔 소리, 시장의 분주한 소음이 조화롭게 뒤섞여 멀리까지 생동감을 뿜어내고 있었다.

그리고 뒤로 끝없이 펼쳐진 바다는 이 모든 것을 고요하게 감싸안고 있었다. 마르코는 요동치는 가슴에 맞춰 발걸음을 재촉했다.

부둣가를 따라 길게 늘어선 시장은 가까이에서 보니 더욱 북적거렸다. 흥정하는 상인들의 목소리와 재주꾼들의 길거리 공연을 보고 감탄하는 아이들. 대낮부터 술에 취해 코가 빨개진 채 고함을 지르는 덩치 큰 남성, 삼삼

오오 모여 소곤거리며 웃는 여자들과 바닷가에 낚싯대를 드리운 채 미동도 하지 않는 노인까지. 작은 농촌 마을에서 자란 마르코에게는 자신이 누구인지도 잊어버릴 만큼 정신없는 곳이었다.

시장을 지나쳐 한참을 두리번거리던 마르코는 우선 가장 커 보이는 배로 가까이 다가갔다. 드넓은 바다를 건너 동쪽 끝까지 가려면 분명히 이렇게 큰 배가 필요할 것이라고 생각했다. 세 개의 돛을 가진 범선은 엄청난 위용을 자랑했다. 가장 높은 중간 돛은 자신이 살던 마을의 교회 종탑만큼이나 높았고 뱃머리부터 선미까지의 길이가 80피트는 되어 보였다. 마르코가 입을 떡 벌린 채 감탄하고 있을 때, 뒤에서 한 남성의 목소리가 들려왔다.

"대단하지 않나?" 마르코는 고개를 돌려 남성을 보았다. 두꺼운 천으로도 가려지지 않는 탄탄한 근육질 몸에 고급스러운 천으로 만든 옷. 멋진 콧수염에 금발을 기른 사내는 목소리 톤마저 매력적이었다. 부둣가에서 만나지 않았더라면 마르코는 분명 그 사내가 왕족이라고 생각했을 것이다.

"네, 엄청나요. 이렇게 큰 배는 처음 봐요." 다시 고개를 돌려 배를 바라보며 마르코가 대답했다.

"오, 그렇지. 크기만 한 게 아니야. 갑판을 따라서 옆면에 늘어선 문들 보이지? 비록 군함은 아니지만 해적들의 약탈에 대비해서 저 안에 대포를 숨겨두었지. 이 배는 한 번도 쉬지 않고 세 달이나 항해할 수 있는 식량과 물자를 실을 수 있어. 저 앞에 뱃머리 쪽 나무 색깔이 좀 다른 부분 보이나? 지난 마지막 항해 중에 대서양에서 해적들의 공격을 받아 부서졌는데 이번에 수리해서 저렇다네."

"우와. 대단해요. 그런데 어떻게 이 배에 대해서 어떻게 그렇게 잘 아는 거죠?" 마르코가 물었다.

"아, 인사가 늦었군. 만나서 반가워. 나는 이 배의 일등 항해사 리카르도라네."

"안녕하세요. 저는 마르코예요."

진귀한 물건을 가득 싣고 드넓은 바다에서 해적과 싸우며 세상의 반대편까지 가는 배. 마르코는 사내의 설명을 듣고 다시 범선을 바라보며 마치 자신의 꿈이 이미 이루어진 듯 눈을 빛내고 있었다.

"그런데." 사내가 다시 말을 꺼냈다. "차림새를 보아하니 자네는 뱃사람은 아닌 것 같고. 혹시 여행 중인가?"

"아, 네. 저는 엘 까미노에서 왔습니다. 보물을 찾아 여행 중이에요. 구자라트로 가는 배를 찾고 있어요."

"오, 보물이라. 낭만적인 여행을 하고 있군. 그런데 거기로 가는 배는 많지 않아. 마침 우리 배는 선적이 끝나고 이틀 뒤에 구자라트의 항구도시, 봄베이로 출발한다네. 하지만 거긴 워낙 먼 곳이라 뱃삯이 꽤 비싼데…." 리카르도가 의심스러운 표정으로 자신을 훑어보자 마르코는 금화가 들어 있는 주머니를 품에서 꺼내 보이며 말했다.

"이 정도면 되겠죠?"

"안돼!" 그는 다급하게 말하며 가까이 다가왔고 손으로 마르코의 주머니를 다시 밀어 넣었다.

"내 오른쪽 어깨너머로 보이는 과일 장수 보이지? 평범한 장사꾼 같아 보이지만 길 건너편에 보이는 남자랑 한 패거리야."

마르코는 고개를 반쯤 돌려 리카르도가 말한 곳을 쳐다보았다. 평범해 보이는 야채 장수와 길 건너편에는 누군가를 기다리는 듯 계속해서 두리번거리는 남성이 서 있었다.

"야채 장수가 신호를 하면 저 남자가 여행객들의 물건을 훔치곤 하지. 겉모습만 봐서는 모르겠지만 이렇게 분주한 시장에는 도둑들이 아주 많아. 날 따라오게. 여기는 짐을 싣고 내리는 곳이라 복잡해서 선원과 탑승객 관리

는 저쪽에서 하고 있어. 그리고 주머니는 항상 품속에 잘
챙겨야 해!"

마르코는 사내의 뒤를 따라 시장 골목으로 들어섰다.
그의 넓은 등판을 보니 마음이 놓였다. 미지의 위험으로
부터 자신을 지켜주고 선택의 기로에서 가야 할 길을 알
려줄 것만 같았다. 낯설고 복잡한 시장의 풍경을 바라보
는 마르코는 경계심이 많이 누그러들었음을 느꼈다.

　의지할 곳이 생겨서일까, 조금 전까지 낯설고 차갑게
느껴지던 이 도시가 자신의 여행을 응원해 주는 것 같다
고 생각했다. 가장 오른쪽 골목으로 들어가 왼쪽 모퉁이
를 도니 1층에 붉은 천막이 쳐진 작은 건물이 나왔다.

　"여기 앉아."

건물 안으로 들어간 사내가 마르코에게 작은 나무 의자를 내어주며 말했다. 의자에 앉은 마르코는 먼지가 쌓인 테이블에 금화 주머니를 꺼내놓았다. 주머니에는 오는 길에 필요한 식량을 사고 열아홉 개의 금화가 남아 있었다.

"흠… 돌아오는 길까지 생각하면 적어도 스물다섯 개는 필요한데." 금화를 모두 세어본 사내가 매우 곤란한 표정을 지으며 말했다.

"하지만 이게 제가 가진 전부예요. 이걸로는 어떻게 안 될까요?" 다급한 어조로 마르코가 물었다.

"뭐 걱정 마. 내가 잘 얘기하면 당장 그 정도는 어렵지 않을 것 같아. 그 대신." 같은 남자인 자신이 보기에도 매력적인 미소를 띠며 사내가 얘기했다. "나중에 보물을 찾으면 꼭 보답해야 해. 하하."

'이 사람은 그레타 할멈이 얘기한 은인이 분명해.' 마르코는 미소 지으며 생각했다.

"승객 관리인에게 지금 얘기해 둘게. 어이, 페드로! 이리 내려와 봐!" 2층을 향해 사내가 누군가를 불렀지만 아무런 인기척도 들리지 않았다. "바쁜데 뭐 하는 거야. 잠깐만 여기 있어 봐. 승객명단 가지고 올게."

사내가 일어서서 계단으로 올라갔다. 돈이 담긴 주머니를 가지고 갔지만 이 건물에는 1층을 제외하면 외부로 난 문이 없었고 자신이 문 앞에 앉아 있었으며 무엇보다 그를 신뢰하고 있었기에 마르코는 잠시 기다리기로 했다.

그제서야 마르코는 천천히 주위를 둘러보았다. 작은 상점으로 사용했던 것 같은 곳이었다. 비어 있는 와인 병과 나무 상자들이 어지럽게 널려 있었고 바닥엔 먼지가 수북했다. 햇빛이 잘 들지 않아 곰팡이가 낀 바닥에서 습하고 차가운 냄새가 올라왔다. 사내를 따라오지 않았더라면 절대로 들어오지 않을 것 같은 공간이었다.

'덜그럭' 그때, 2층에서 무거운 물건이 땅에 끌리는 듯한 소리가 들려왔다.

"리카르도 씨?" 마르코가 여전히 자리에 앉아 계단을 향해 사내를 불렀다. 대답이 들리지 않았다. 마르코는 계단 앞으로 걸어갔다.

"리카르도 씨?" 2층을 향해 다시 한번 불러봐도 아무런 인기척이 들리지 않자 마르코는 천천히 계단으로 올라갔다.

작은 창문 세 개와 어수선한 공간이 그의 시야에 들어왔다. 1층과 마찬가지로 오랫동안 사용하지 않은 듯 여기저기에 먼지가 수북이 쌓여 있었고 인기척은 어디에도 없었다. 오른쪽으로 고개를 돌리자 벽 바닥에 난 구멍과 그것을 가리고 있던 것으로 보이는 커다란 나무 상자가 보였다. 성인이 엎드려서 지나갈 수 있을 크기의 그 구멍을 보는 순간 마르코는 가슴이 바닥으로 꺼지는 듯한 느낌이 들었다. 머리로는 믿고 싶지 않았지만 자신의 직감은 알고 있었다. 이곳에는 더 이상 항해사도 금화도 없다는 사실을.

밖으로 뛰쳐나온 마르코는 아무나 붙잡고 금발의 사내에 대해 묻기 시작했지만 모두 그를 이상한 사람처럼 쳐다볼 뿐이었다. 받아들이고 싶지 않았지만 이 낯선 도시에서 자신은 혼자였고 거기다 완전히 빈털터리였다. 마르코는 현기증이 나는 것만 같았고 광장을 향해 무거운 발걸음을 옮겼다. 십자가가 올려다보이는 교회 옆 건물 벽에 기대어 털썩 주저앉아 말없이 분주한 광장을 바라보았다.

햇빛은 여전히 광장을 가득 메우고 있었다. 장사꾼은 흥정을 하고 광대는 곡예를 부리고 병사들은 성벽을 따라 걷고 있었으며 어부들은 그물을 손질했다. 마르코가 이 도시에 처음 도착했을 때도, 사기꾼의 뒤를 따라 시장을 걷던 순간에도, 그리고 모든 것을 잃어버린 지금도 변한 것은 없었다. 하지만 조금 전까지만 해도 자신의 여정을 응원해 주던 활기 넘치던 도시는 이제 차갑고, 낯설고, 비열함만이 가득한 공간이었다. 바뀐 것은 세상을 바라보는 그의 마음이었다.

출발할 때 먼 여정에 대비했기에 집으로 돌아갈 만큼
의 식량은 충분했다. 마르코의 부모님은 아무 일도 없던
것처럼 그를 맞아주실 것이다. 충고를 무시하고 인사도
없이 떠난 그를 조롱하겠지만 카밀로 역시 웃으며 그를
안아줄 것이다. 올리브나무 아래에 앉아 양들의 울음소
리를 들으며 익숙한 바람을 맞을 수 있다. 뒤로 돌아가면
친숙하고 안전한 곳이 있다.

하지만 그는 앞으로 나아가길 원했다. 비록 보이지도
잡히지도 않는 먼 곳에 있었지만 그는 아직 보물을 포기
할 수 없었다. 하지만 어디서부터 무엇을 어떻게 시작해

야 한단 말인가. 막막하고 답답한 마음에 마르코는 땅이
꺼져라 깊은 한숨을 내쉬었다.

"휴우⋯."

"무슨 고민거리라도 있는 겐가?" 몇 발자국 옆에 앉아
있던 거지 노인이 말을 건넸다. 마르코는 거기에 누가 있
는 줄도 몰랐지만 아마 이른 아침부터 그곳에 앉아 있었
을 것이다.

"별일 아닙니다." 누구와 대화할 기분은 아니었지만 앞
이 보이지 않는 노인의 말을 무시할 수 없었던 마르코가
짧게 대답했다.

"무슨 일인지 말해보게. 내가 도움을 줄 수 있지도 않
겠나."

'한 치 앞도 보이지 않는 당신이 도대체 무슨 수로 날
도와준다는 겁니까?!' 순간적으로 마음이 길길이 날뛰었
지만 마르코는 그 말을 입 밖으로 내뱉을 만큼 무례한 사
람이 아니었다. 무시하고 다른 곳으로 갈까 고민하던 순
간 오른쪽 주머니에 잊고 있던 은화 한 닢이 느껴졌다.
출발할 때 식량을 사고 남은 돈이었다. 많은 돈을 잃어버
린 그에게는 아무것도 아니었지만 은화 한 닢이면 아마
도 저 노인은 하루 반나절은 굶지 않고 보낼 수 있을 것

이었다.

혼자서 조용히 있고 싶었고 다른 곳으로 가고 싶지도 않았던 마르코는 은화를 꺼내 노인의 앞에 놓인 그릇에 말없이 내려놓았다.

'댕그랑'

여기저기 패여 볼품없는 노인의 그릇에 동전이 떨어지며 요란한 소리를 냈다.

"거참, 무얼 바라고 한 얘기는 아니었는데 늘 이렇다니까. 헛헛." 한차례 멋쩍게 웃은 노인이 말을 이어갔다. "자네가 가진 모든 것을 주었으니 나도 뭔가를 줘야겠지. 세 가지 질문에 대답을 해주겠네. 질문은 신중히 고르도록 해. 앞이 보이지 않는다고 해서 아무것도 볼 수 없는 것은 아니라네."

마르코는 말문이 막혔다. 자기 앞에 놓인 바구니도 볼 수 없는 저 노인은 모든 것을 알고 있었다. 자신이 건넨 은화가 마지막 남은 돈이라는 것도 알고 있었고 심지어 입 밖으로 내지 않은 생각도 알고 있었다. 행색은 영락없는 거지였지만 자세히 보니 어딘가 비범한 기운을 풍기는 것 같기도 했다. 마르코는 그레타 할멈과 좀 전에 만났던 사기꾼을 떠올렸다. 겉모습으로 누군가를 판단하는 실수는 더 이상 하지 않아야겠다고 다짐하며 마르코가 조심스레 물었다.

"영감님은 누구십니까?"

"허허, 나야 별 볼 일 없는 늙은이라네. 종종 자네처럼 도움이 필요한 이들이 내 앞에 나타날 때 그들이 보지 못하는 것을 일러주는 것을 업으로 삼고 있지. 궁금한 것이야 많겠지만 나머지 질문은 자네를 위해 쓰게나."

노인의 말에 질문을 할 기회가 두 번밖에 남지 않았다는 사실을 되새기며 마르코가 가장 중요하게 생각하는 것에 관해 물었다.

"저는 꿈속에서 보았던 보물을 찾아 여행 중입니다. 제가 찾을 수 있을까요?"

"물론 그렇게 되겠지. 자네가 믿음만 잃지 않는다면야."

'믿음이라고?' 노인의 짧은 대답에 마르코가 어리둥절한 표정을 지었다. 이번에도 그의 마음을 읽은 듯 노인이 말을 이어갔다.

"그래, 믿음. 위대한 성인께서 이미 오래전에 말씀 하셨잖나. 무엇이든지 이미 받은 줄로 믿으면 그렇게 될 것이라고. 하지만 어찌 된 일인지 사람들은 갈수록 눈에 보이고 손에 잡히는 것만 믿으려고 해. 그러니 여전히 많은 사람들이 기도는 하지만 원하는 것은 얻지 못한다네. 믿음이 없는 기도는 산에서 울리는 메아리 같은 거야. 그저 의미 없이 반복되는 소리일 뿐이지. 지금처럼 스스로가 아닌 다른 사람에게만 묻는다면 원하는 보물을 얻기는 어려울 테지. 하지만." 잠시 숨을 고른 노인이 말했다.

"시험대에 올랐을 때에도 스스로에 대한 믿음에 흔들림이 없다면, 원하는 것이 무엇이든 분명히 얻을 수 있을 걸세."

마르코는 노인의 말을 어렴풋이 알 것도 같았다. 하지만 지금 당장 자신에게 필요한 것은 눈앞의 상황을 헤쳐 나갈 구체적인 행동 지침이었다.

"계속해서 가고 싶지만 저는 가진 것이 아무것도 없습니다. 제가 앞으로 어떻게 해야 할까요?" 잠시 생각한 뒤 마르코는 마지막 질문을 건넸다.

"원하는 방향을 향해서 나아가되 언제나 지금 이 순간에 집중하게. 과거에 잃어버린 것과 미래에 얻게 될 것에 너무 집착하면 지금 무엇을 가지고 있는지도 모르게 되지. 그리고 시간이 한참 지나고 나서야 깨닫게 돼. 그때 자신이 무엇을 가지고 있었는지, 그것이 얼마나 소중한 것이었는지, 그리고 미처 알지 못하는 사이에 그것마저 잃었다는 사실을. 그렇게 소중한 '지금'이 순식간에 놓쳐버린 '과거'가 되어버리는 거야. 이 굴레에 한 번 갇히면 빠져나오기가 아주 어려워. 그 때문에 많은 사람들이 실체도 없는, 죽은 시간 속에서 살아가는 것이지. 이번엔 내가 하나 묻지. 지금 아무것도 할 수 없다고 생각하는 이유가 뭔가?"

갑작스러운 질문에 멈칫한 마르코가 대답했다. "그야, 저는 배를 타고 먼 길을 가야 하는데 빈털터리가 되었습니다."

보일 듯 말 듯 한 미소를 띤 채 노인이 말했다.

"흘흘… 그것은 자네가 잃어버린 '돈'에 대해서만 생각하기 때문이야. 과거와 함께 떠난 것은 이제 그만 놓아버리고 자신이 지금 무엇을 가지고 있는지, 그리고 그것을 어떻게 쓸 것인지에 대해 잘 생각해 보게."

'지금 당장 내가 할 수 있는 일이라….'

노인의 말을 듣고 마르코는 자신이 할 수 있는 것에 대해 생각했다. 농장에서 자란 마르코는 고기를 손질하고 숙성시켜 보관할 수 있는 햄을 만들 수 있었다. 뿐만 아니라 습도를 조절해 곡물을 오래 저장하는 방법을 알고 있었으며 풀리지 않는 강한 매듭을 매는 여러 가지 방법도 알고 있었다. 가만히 생각해 보니 모두 긴 항해에 도움이 될법한 것들이었다.

자신의 앞에 놓인 상황을 바라보는 관점을 바꾸었더니 이제 문제가 아닌 해결의 실마리가 보이는 듯했다. 아주 작은 가능성이지만 아무런 희망 없이 주저앉아 있던 그를 일으키기에는 충분했다.

마르코는 고맙다는 인사를 하려고 고개를 돌렸으나 노인은 흔적도 없이 사라져 버렸다. 비어 있는 그릇과 벽에 기대어진 지팡이만이 조금 전 거기에 있었던 노인의 존재를 대신하고 있었다.

빠른 걸음으로 시장을 지나 부둣가에 돌아온 마르코는 우선 대형 범선들이 정박해 있는 선착장으로 향했다. 노인과 대화를 나눈 뒤로 발걸음이 가벼워져 있었다. 잃을 게 없다는 생각에 이제는 묘한 홀가분함 마저 느끼는 마르코였지만 이 넓은 항구에서 구자라트 왕국으로 가는, 그것도 선원을 구하는 배를 찾기란 쉽지 않아 보였다.

　어떻게 하면 좋을지 고민하며 걸어가던 마르코의 눈에 한 척의 배가 들어왔다. 창고에서 할아버지의 일기장을 찾았던 그때처럼, 무언가에 이끌리듯 선미에 걸려 있는 배의 이름에 마르코의 시선이 고정됐다.

"달빛의 고요함(Moonlit Serenity)이라…." 잠시 넋을 놓고 있던 차에 뒤에서 별안간 큰 목소리가 들렸다.

"비켜!" 뒤를 돌아보니 양팔에 흉터가 가득한, 거구의 대머리 사내가 한쪽 어깨에 드럼통을 짊어지고 마르코를 내려다보고 있었다.

"거기 멀뚱멀뚱 서서 뭐 하는 거야? 짐 옮기는 거 안 보여?!" 몸집에 걸맞게 우렁찬 목소리였다. 마르코가 옆으로 비켜서자 사내는 황소처럼 씩씩거리며 그를 지나쳐갔다. 그가 향한 곳은 조금 전 마르코가 보고 있던 바로 그 배였다.

"저기요!" 마르코는 자기도 모르게 사내를 불러 세웠다.

"뭐야?" 사내는 뒤를 돌아보며 귀찮다는 듯 대꾸했다.

"혹시 이 배가 어디로 가는지 알려주실 수 있을까요?" 날카로운 눈빛으로 마르코를 한차례 훑어본 남성이 대답했다. "봄베이로 가는 배다. 그건 왜 묻는 거지?" 봄베이. 분명 사기꾼이 말했던 구자라트의 항구도시 이름이었다.

"항상 눈을 크게 뜨고 있어야 해." 그레타 할멈의 말이 귓가에 스쳤다.

"저, 선원으로 배에 타고 싶은데요!" 마르코가 얘기했다. "우리 배는 이미 출항 준비가 끝났어. 다른 데 가서 알아봐." 무심하게 말을 마친 사내가 뒤로 돌아섰다. 다급해진 마르코는 사내의 옷깃을 잡으며 말했다.

"제가 꼭 그곳에 가야 합니다. 탈 수 있는 방법이 없을까요?" 한층 험악해진 표정으로 돌아선 사내는 얼굴을 들이밀며 으름장을 놓기 시작했다. "한 번 더 내 몸에 손대면 그때는…."

바로 그때, 콧수염을 양옆으로 얇게 기른 호리호리한 남성이 요란스럽게 손사래를 치며 둘 사이에 끼어들었다.

"오우, 잠깐만 알바로. 진정하고 나랑 얘기 좀 하자구. 안녕, 젊은 친구. 잠깐만 기다려." 돌아서서 몇 걸음 걸어간 뒤 마른 남자가 수군대기 시작했다.

"내가 뒤에서 얘기를 슬쩍 들었는데, 좋은 생각이 있어. 마침 오늘 아침까지 오기로 한 신참이 소식도 없었거든. 태워서 잡일이나 좀 시키자구. 그리고 보아하니 뜨내기 같은데 급료는 후려치고 남은 건 우리 둘이 반씩 나누면… 어때?" 멀뚱히 서 있는 마르코를 힐끔 쳐다본 대머리 남성이 대답했다.

"뭐, 그러던지. 알아서 해." 덩치 큰 사내는 성큼성큼 배를 향해 걸어가 버렸고 다른 남성은 사람 좋게 웃으며 마르코에게 다가왔다.

"그래, 선원으로 타고 싶다고? 그렇지만 자네도 들었 듯이 우리 배는 이미 준비가 끝났어. 그래서 추가로 사람 을 태우려면 비용이 들기 때문에 급료는 금화 세 개밖에 줄 수가 없는데…." 자신이 생각해도 터무니없이 적은 금 액이었지만 마르코가 항의하면 조금 올려주어 선심 쓰는 척할 요량이었다.

"감사합니다. 그렇게 하죠." 마르코의 재빠른 대답에 당황했지만 짐짓 태연한 표정을 지으며 남성이 말했다.

"잘됐군. 만나서 반가워. 난 세비야에서 온 알론소라고 해. 자네는…?"

"저는 마르코입니다. 엘 까미노에서 왔어요." 마르코는 알론소의 안내를 받으며 배에 올랐다.

다음 날 아침, 출항을 알리는 나팔 소리와 함께 마르코
를 태운 배는 북적이는 도시를 뒤로하고 바다로 향했다.
알론소는 배의 키를 잡는 항해사였고 선원들 중 가장 경
험이 많았다. 그는 마르코에게 해야 할 일에 대해 알려주
었고 궁금한 것은 언제든 자신에게 물어보라고 했다.

　항구에서 제법 멀어지자 선원들은 그의 지시에 따라
기둥에 묶인 밧줄을 풀어 돛을 펼쳤다. 뒤쪽에서 불어온
따뜻하고 건조한 바람이 돛에 부딪혔고 배는 곧 빠른 속
도로 물살을 가르며 나아가기 시작했다.

　"우와. 바람의 힘만으로 큰 배가 이렇게 빨리 움직이다

니 신기하네요." 힘차게 물살을 가르며 나아가는 뱃머리를 바라보고 마르코가 말했다.

"포니엔테라고 하지. 해가 지는 서쪽의 대양에서 불어와 우리가 동쪽으로 나아갈 수 있게 해주는 고마운 바람이야. 이 시기에 가장 강하게 불어와. 덕분에 반대쪽에서 바람이 불어오기 전까지 처음 며칠은 항해가 순조로운 편이야." 키를 잡은 알론소는 마르코에게 바람에 대해 알려주며 파도의 방향에 따라 조금씩 뱃머리를 돌렸다.

"바람이 맞은편에서 강하게 불어올 때는 어떻게 하죠? 앞으로 나아갈 수가 없으니 돛을 접어야 하나요?" 마르코가 물었다.

"아, 그렇지는 않아 마르코. 바람이 지금처럼 뒤에서 불어올 때는 누구나 쉽게 앞으로 나아가지. 하지만 바람의 방향이 바뀌기 시작하면, 그때부터 얼마나 빨리 앞으로 나아가는지는 선장이나 항해사의 능력에 달려 있어. 바람의 힘을 최대한 활용할 수 있는 방향으로 끊임없이 움직여야 하거든. 각도만 정확히 맞춰주면 바람이 아무리 강하게 불어와도 앞으로 나아갈 수 있지."

바람이 불어오는 방향으로 배가 나아갈 수 있다는 사실이 한편으로 놀라웠지만, 쉽고 빠른 길을 찾는 것이 더 익숙한 마르코였다.

"놀랍네요. 하지만 목적지에 빨리 도달하기 위해서는 항해 기간 동안 순풍이 많이 불어야 할 테니⋯ 아무래도 운이 좋아야겠네요."

"낄낄, 글쎄. 하루 이틀이면 도착하는 짧은 항해에서는 그럴 수도 있겠지. 하지만 우리처럼 멀리 항해하는 경우에 다소간의 차이는 있겠지만 바람은 어디서나 불어오게 마련이야." 키를 반대쪽으로 돌리며 알론소가 말했다.

"중요한 것은 바람이 불어오는 방향이 아니라 그것을 받아들이고 어떻게 이용하는가 하는 것이지."

한동안 순조로운 항해가 계속되었다. 일정하게 불어오는 바람과 맑고 높은 하늘, 그리고 처음엔 낯설게 느껴졌던 바다의 향기도 어느새 익숙한 일상이 되어 있었다. 항상 궁금한 것이 많은 마르코에게 경험 많은 알론소는 좋은 대화 상대가 되어주었다.

　"그런데 알론소 씨는 왜 선원이 되기로 한 겁니까? 장거리 항해는 누가 봐도 위험한 일이잖아요."

　"글쎄, 뭐 페르난도처럼 바닷가에서 태어나 처음부터 배를 탄 경우도 있긴 하지만 다들 사연이 많지. 저기 갑판 맨 뒤쪽에 서 있는 키 작은 친구 보이지? 원래 카탈루

냐 지방에 살던 목공이었어. 조용한 친구인데 웬 지체 높은 여자와 간통했다는 누명을 쓰고 도망치다시피 고향을 떠났지. 메인 돛 아래, 드럼통 옆에 있는 흑인 친구는 가족들을 위해 돈을 벌겠다고 탕헤르로 갔는데, 도망친 노예로 오해받는 바람에 거의 목숨을 잃을 뻔했고. 자네가 맨 처음 만난 알바로는 원래 군인이었어. 잘 알다시피 흉악하게 생기고 덩치가 커서 아주 제격이지. 큭큭. 그런데 백정같이 생긴 주제에 사람에게 해코지는 못 하겠다고 탈영을 했다지 뭐야. 낄낄. 아, 그런데 내가 무슨 얘기를 하고 있었더라?"

알론소는 호기심 많은 마르코에게 늘 친절하게 대답해 주었지만, 말하기를 좋아하는 탓에 종종 요점을 잃곤 했다.

"왜 선원이 되었느냐구요." 심드렁한 표정으로 마르코가 대꾸했다.

"아, 그렇지 그렇지. 하하. 사연은 이렇게 제각각이지만 아무튼 우리가 바다에 도착했을 땐 다들 지쳐있었어. 누구는 두 발 뻗고 잠잘 곳이 필요했고, 누구는 마음에 깊은 상처를 입었고, 또 누군가는 새로운 무언가를 찾아 여행 중이었고. 그런데 말이야, 바다는 그런 길잃은 우리들을 아무 말 없이 조용히 감싸주었어. 나중에서야 알았지만 다들 비슷하게 느꼈더라고. 말하자면 아이를 품에 안은 엄마의 따뜻함이랄까… 뭐 그런 느낌이지." 알론소의 표정에서 바다에 대한 경외심과 애정이 느껴졌다.

"아, 물론 늘 그런 건 아니고. 때로는 우릴 못 잡아먹어서 안달인 것 마냥 무시무시하게 달려들기도 하지. 따뜻함은 모르겠지만 그런 모습은 꼭 우리 엄마를 닮았어. 낄낄. 아무튼. 바다는 늘 새로워. 그래서 우리가 떠나지 못하는 것일지도."

"새롭다구요?" 바다를 힐끗 바라보고 의아해진 마르코가 물었다. 배가 출항한 지 2주 정도 지났지만 늘 같은 풍경이었다. 끝없이 펼쳐진 짙푸른 바다와 구름이 유유히 떠다니는 하늘, 그리고 그 둘이 만나는 수평선. 가끔 머리 위로 날아다니는 갈매기를 제외하고는 아무것도 보이는 게 없었다. 그에 비하면 단조롭다고 생각했던 자신의 고향 풍경은 다채로울 정도였다.

"그래. 바다는 너무 넓어서 언뜻 보면 늘 그 자리에 가만히 있는 것 같이 보이지. 하지만 자세히 들여다보면 단 한 순간도 멈추는 법이 없어. 끊임없이 변하고 늘 새로워. 그렇기 때문에 많은 배들이 같은 항로를 따라서 가지만 결코 똑같은 길로 지나간 적은 없지. 그 속에서 한 배를 타고 웃고, 떠들고, 때로는 싸우기도 하지만 함께 어려움도 헤쳐나가고… 그렇게 부대끼며 살다 보면 서로서로 정도 많이 들고 말이야."

　낭만적인 모험과 시련, 따뜻한 피난처이자 얼음장같이 차갑고 냉정한 파도, 눈에는 보이지 않는 끊임 없는 변화, 모두가 같은 곳으로 향하지만 어느 누구에게도 같을 수 없는 항로…. 이 모든 것을 끌어안고 있는 바다가 어딘가 모르게 삶과 닮았다고 느끼는 마르코였다.

그가 맡은 일은 밧줄 정리, 갑판 청소, 식량 창고 관리 등 온갖 잡다한 허드렛일이었지만 마르코는 결코 불평하는 법이 없었다. 적절한 급료를 받는 것도 아니었지만 그로서는 이 배에 타고 있는 것만으로도 감사한 일이라고 생각했기에 항상 웃는 얼굴로 매사에 열심이었다. 대다수가 배타적인 성격을 가진 뱃사람들이었지만 늘 밝고 긍정적인 마르코에게 하나둘씩 마음을 열었다.

  "마르코, 넌 농촌 마을에서 왔다며? 왜 바다를 건너 봄베이에 가려는 거야?"함께 선실 내부를 청소하던 페르난도가 물었다.

"아. 저희 할아버지가 살던 곳이에요. 할아버지의 유품을 찾아야 해서요." 마르코는 마음속에서 불편함을 느꼈지만 일단 생각나는 대로 둘러댔다. 직감을 따라 확신을 가지고 떠난 길이었지만 지도 한 장 없이, 꿈을 믿고 보물을 찾겠다는 자신의 계획을 남들이 쉽게 받아들일 수는 없으리라 생각했다. 가장 오래된 친구마저도 붙잡지 않았던가. 사실을 그대로 말하면 사람들의 반응은 둘 중 하나일 것이 분명했다. 허황되다고 비웃거나 불가능한 일이라며 만류하거나. 어느 쪽이든 그런 반응은 자신의 믿음마저 흔들어 놓을 것 같았기에 보물에 대한 얘기는 당분간 어느 누구에게도 하고 싶지 않았다.

"그나저나 페르난도 씨는 어디에서 왔어요? 처음부터 이 배에 탄 건가요?" 마르코가 물었다.

"나는 말라가에서 태어났어. 우리 할아버지, 아버지는 모두 어부였기 때문에 당연히 나도 아주 어렸을 때부터 배를 타기 시작했지. 그런데 언제부터인가 멀리 항해하는 배를 동경하기 시작했던 거 같아. 나는 오전에 나갔다가 몇 시간 후면 돌아오는 게 일상이었는데 먼 바다로 나가는 큰 배들은 한번 출항하면 처음 보는 신기한 물건들과 흥미진진한 이야기를 가득 싣고 몇 달씩이나 지나서 돌아오더라고. 정말 대단해 보였지."

"그때부터 이 배에 타게 된 건가요?"

"아, 그건 아니야. 처음에는 지브롤터 해협을 건너는 배를 탔어. 열아홉이었나, 그땐 정말이지 꿈이 전부 다 이루어진 듯한 기분이었지. 새로운 음식에 화려한 색으로 칠해진 건물들, 이국적인 그림이 수 놓인 양탄자와 번쩍거리는 크리스탈 그릇들, 거기에 피부색이 다른 아름다운 여인들까지… 모든 것이 내 눈을 사로잡았지. 쿵쾅거리는 가슴이 좀처럼 진정이 안 되었어." 과거를 회상하는 페르난도의 눈빛은 보물에 대해 이야기하던 마르코의 그것처럼 반짝이고 있었다.

"그런데, 한 2년쯤 그 배를 탔나. 그때부터는 더 이상 떨림이 없더라고. 앞바다에서 물고기를 잡던 그때처럼 모든 게 그저 반복되는 듯한 일상이었지. 그 다음번엔 또다시 새로운 곳을 찾아서, 더 멀리, 조금 더 멀리… 그렇게 하다 보니 어느새 이 배까지 오게 되었어. 내가 봄베이에 가는 건 이번이 세 번째니까 그게 2년쯤 전이야." 일상의 눈빛으로 돌아온 페르난도를 보며 마르코가 물었다.

"그럼 앞으로는 계속 이 배를 타실 건가요?"

"아니, 이번 항해를 마치고 리스본으로 갈 생각이야.

그쪽에서 온 상인들 말을 들어보니 아주 대규모 선단을 모집 중이라고 하더라고. 남쪽으로 새로운 항로를 개척한다던데. 아무도 가보지 않은 곳이니 거기서는 또 새로운 것을 찾을 수 있겠지. 하하." 말을 마친 페르난도는 밝게 웃고 있었지만 그 웃음 속에서 마르코는 왠지 모를 공허함을 느꼈다.

두 사람의 대화는 거기서 끝이 났지만 이후로 마르코
의 머릿속에서는 끊임없이 재잘대는 목소리가 이어졌다.
'페르난도 씨도 나처럼 무언가를 찾아 떠났구나. 저렇게
오래 찾아다녔는데 아직도 찾지 못하다니… 가만, 혹시
나도 저렇게 되는 건 아닐까? 배가 항구에 도착한 뒤에는
어떻게 해야 하지? 무작정 돌아다녀야 하나? 아니면 돌
아갈 수 있는 배를 먼저 알아봐야 할까? 또 이상한 사람
을 만나면 어떻게 하지? 보물을 찾아 돌아오는 길에 강도
라도 만나면 어떻게 하지? 아니 잠깐, 그곳에 정말 보물
이 있기는 한 거야?'

자신도 미처 모르는 사이에 머릿속을 가득 채운 목소리는 점점 더 의심과 걱정이 뒤섞인 부정적인 생각들을 쏟아 냈고 결국엔 이 여행의 목적마저 의심하기에 이르렀다. 무언가가 가슴 아래를 묵직하게 누르는 듯한 느낌이 들었고 그제서야 마르코는 두려움에 사로잡힌 목소리의 존재를 알아차렸다.

　언제나 낙천적인 성격의 그였기에, 자신의 내면에서 일어나는 한없이 부정적인 생각들이 당황스러웠고 곧바로 떨쳐버리기 위해 노력했다. 하지만 떼어 내려고 하면 할수록 어둡고 끈적거리는 무언가가 자신에게 더욱 달라붙는 것만 같았다.

　'돈도 없이 그렇게 먼 곳으로 가겠다고? 이게 가당키나 한 짓이야? 아무것도 얻지 못할 수도 있고 어쩌면 돌아오지 못할 수도 있어. 돌아온다 해도 너무 오래 걸려서 할아버지처럼 사랑하는 누군가를 더 이상 보지 못할 수도 있고 말이야. 이봐, 제대로 듣고 있는 거야?!' 덮어버리고 귀를 닫아 모른체하려고 하면 보란 듯이 더 큰 소리로 떠들어 댔다.

　뒤이어 무지막지한 절망감이 엄습해 왔고 깊은 어둠 속으로 떨어지는 것만 같은 불안감이 온몸을 휘감았다.

호흡이 가빠지기 시작했다. 가슴이 답답해지고 팔다리가 경직되는 듯한 느낌마저 들었다. 벗어나기 위해서는 다른 방법을 찾아야만 했다. 정리를 서둘러 마치고는 뛰쳐나오다시피 갑판으로 나왔다.

눈부시게 빛나는 태양은 어두운 선실에서 나온 그의 온몸을 구석구석 비춰주었고 등 뒤에서는 따뜻하고 강한 바람이 불어왔다. 바람의 안내를 받으며 한 걸음 한 걸음 뱃머리까지 걸어간 마르코는 두 팔을 벌리고 바람에 몸을 맡겼다.

두 눈을 감고 깊은숨을 들이쉬자 맑고 시원한 공기가 가슴을 지나 아랫배까지 가득 채웠다. 이윽고 천천히 숨을 내쉬며 마르코는 몸 여기저기에서 느껴지는 감각에 집중했다.

흔들리는 배 위에서 균형을 잡고 있는 두 다리, 영롱한 보석처럼 반짝이는 잔물결, 뱃전에 부딪히는 파도가 내는 찰랑거림, 손끝에서 갈라지는 바람의 촉감과 머리 위에서 느껴지는 태양의 열기.

감각에 의지한 채 지금 일어나는 일들에 의식을 집중하자 귓가에 고함치듯이 커졌던 목소리는 나타날 때 그랬던 것만큼이나 갑작스레, 온데간데없이 사라져 있었다.

똑바로 서 있기도 어려울 만큼 무겁게, 아래로 잡아당기던 힘이 사라지자 몸이 깃털처럼 가벼워지는 듯한 느낌이 들었다. 마치 바람과 하나가 되어 바다 끝 어디라도 갈 수 있을 것만 같은, 그런 기분이었다. 머릿속이 환해지는 듯한 해방감과 자유로움을 온몸으로 만끽하며, 그 뒤로도 한동안 마르코는 그 자리에 서 있었다.

"알론소 씨, 이렇게 먼 거리를 항해할 때 가장 중요한 건 뭔가요?"

잠깐 고개를 갸웃하고는 알론소가 대답했다.

"흐음. 목적지를 향해 정확하게 방향을 잡아야 하지만 그야 너무 당연하고. 역시 가장 집중하고 잘 사용해야 하는 것은 바로 저 돛대지."

높이 솟은 돛대와 바람에 배가 부른 돛을 보고 마르코가 말했다. "그렇지만, 돛은 바람이 불 때 계속 펼쳐만 놓으면 되는 거 아닌가요?"

특유의 방정맞은 손사래를 치며 알론소가 말했다.

"워우, 그렇지 않아 마르코. 지금이야 바람이 한 방향에서 불어오니 그렇게 보이겠지만, 항해는 아주 세심한 과정이야. 바람에 맞춰 이리저리 움직여 주지 않으면 돛이 찢어지기 십상이고 태풍이라도 만났을 땐 기둥이 부러지는 수도 있다고. 바다는 정말이지 변화무쌍해. 그 풍랑 속에서 배는 언제나 이쪽저쪽으로 흔들리지만 결국 목적지에 다다를 수 있는 건 바로 저 돛대 덕분이야. 기둥은 흔들림 없이 반듯하게 서 있고 돛은 시시각각 부드럽게 움직이지."

흔들림 없는 기둥과 부드러운 돛. 알론소의 설명을 듣고 있던 마르코는 문득 할아버지의 일기장의 한 구절이 생각났다.

'단단한 원칙과 유연한 태도'

알론소는 자신의 할아버지와 같은 것에 대해, 다른 방식으로 알고 있었다.

잿빛 구름이 드리워진 어느 날, 마르코는 뱃머리 쪽 갑
판에 앉아 엉킨 밧줄을 풀어내느라 애를 먹고 있었다. 바
로 그때, '풍덩' 무거운 물건이 물에 빠지는 듯한 소리를 들
은 마르코는 가장자리로 다가가 배 아래쪽을 쳐다보았다.

 그곳에는 한 무리의 돌고래 떼가 등을 드러내고 배와
나란히 헤엄치고 있었다. 앞서거니 뒤서거니 하며 움직
이는 모습이 처음엔 마치 선두에 서기 위해 달리는 경주
마같이 보였지만, 서로를 스치듯이 지나치는 와중에도
결코 부딪히는 법이 없었다. 돌고래들을 움직이는 힘은
경쟁이 아닌 조화에서 나온 것이 분명했다.

"어이 마르코, 거기서 뭐 해?" 처음 보는 광경에 넋이 나간 마르코를 보고 알바로가 다가왔다. 마르코의 시선을 따라 아래를 내려다본 알바로는 가벼운 한숨을 쉬고 큰 소리로 외쳤다.

"돌고래 무리다!" 그 소리를 들은 선원들은 일제히 분주하게 움직이기 시작했다.

잠시 후, 먹구름이 몰려왔고 잿빛 하늘은 이제 한밤중의 그것처럼 짙은 어둠에 휩싸였다. 하늘이 찢어지는 듯한 굉음의 천둥과 함께 강한 비바람이 불어왔고 쉴새 없이 몰아치는 파도 앞에 배는 심하게 요동치기 시작했다.

마르코는 지난 항해 중 높은 파도를 넘은 적이 몇 번 있었지만 이번에는 달랐다. 모든 것을 집어삼킬 듯한 파도 앞에서는 위용을 자랑하던 거대한 범선도 한갓 나룻배에 지나지 않았다.

"마르코! 거기 서 있으면 안 돼! 메인 돛으로 가서 페르난도를 도와!" 선실 문 옆에서 겨우 중심을 잡고 서 있던 마르코에게 알론소가 소리쳤다. 두려움에 몸이 굳어 있던 마르코는 그제야 주위를 둘러보고 페르난도의 옆으로 가서 밧줄을 잡았다. 비바람은 더욱 거세졌고 이제는 서로의 목소리조차 분간하기 어려웠다.

아무것도 할 수 없을 것만 같은 위태로운 상황이었지만 경험 많은 선원들은 각자의 자리에서 매 순간 변하는 상황에 대응하기 시작했다. 우선 자신의 몸을 밧줄로 묶은 그들은 바람에 맞춰 돛을 접었다 펴고, 방향을 돌리고, 물을 퍼내고 파도에 맞춰 키를 조절했다. 소통의 부재에도 일사불란하게 움직이는 그 모습은 마르코가 보았던 돌고래 무리와 비슷했다.

그들은 하나가 되어 역동적이면서도 조화롭게 움직였다. 얼마간 시간이 지나고, 먹구름이 서서히 몰려가기 시작했다. 바람이 잦아들며 파도가 낮아졌고 금방이라도 뒤집어질 것처럼 요동치던 배도 이제 가볍게 좌우로 흔들리며 균형을 되찾았다. 강한 긴장감 속에서 폭풍우를 견뎌낸 선원들은 팔다리에 힘이 빠져 하나둘 자리에 주저앉았다.

"다들 괜찮아?" 페르난도가 물었다.

"대답 없는 놈은 배에서 내렸겠지 뭐, 끌끌." 알론소의 대답을 시작으로 모두가 실소를 터뜨렸다. 정말로 누가 죽어도 이상하지 않을 상황이 바로 조금 전에야 끝났다. 그런 상황에 농담을 하고 웃는 그들의 모습이 마르코의 눈에는 단체로 실성이라도 한 것 같이 보였다.

"왜들 웃는 거죠?" 마르코가 옆에 앉아 있던 페르난도에게 물었다.

"크크. 글쎄. 절정과 희열의 순간이 지나간 후에 찾아오는 안도감 때문이라고 해야 하나. 조금 전과 같은 그런 상황에서는 목숨을 잃을 수도 있다는 걸 우리는 경험을 통해 잘 알고 있지. 그렇게 다급한 순간에는 각자가 맡은 일에 온전히 집중해야 해. 한 명이 제 몫을 하지 못하면 모두가 잘못될 수도 있거든. 그럴 때 우리는 알 수 없는 힘에 의해 마치 서로가 연결되어 있는 것처럼 느끼곤 해. 목숨이 경각에 달려 있는 상황은 내가 누구인지 생각도 나지 않을 만큼 강한 집중력을 발휘하게 해주지. 역설적으로 들릴지도 모르겠지만, 죽음과 가장 가까워진 그 순간에 온전히 살아 있음을 느낀다고 해야 할까."

"온전히 살아 있는 느낌이라⋯."

페르난도의 말을 귀담아듣던 마르코는 자신도 그와 비슷한 경험을 한 적이 있음을 떠올렸다. 조금 전과 같이 위험한 상황도 아니었고, 유대감을 느낄 사람도 없었지만 그는 분명 자신을 잊고 다른 무언가와 연결된 듯한 느낌을 느낀 적이 있었다.

아침 이슬이 맺힌 숲에서 지저귀는 새들의 노랫소리를

들었을 때, 비가 내리기 전 땅에서 솟아나는 흙냄새가 코 끝에 스칠 때, 작은 물줄기가 바위를 타고 흘러내리며 끊임없이 부딪히는 소리를 낼 때, 그리고 올리브나무 아래 앉아 숨 막히게 아름다운 석양을 바라보았을 때. 그때의 기억에 잠긴 마르코는 몇 주 전 뱃머리에 서서 바람에 몸을 맡겼던 그때처럼, 가슴속이 밝은 빛으로 채워지는 듯한 느낌을 받았다.

　이후로도 새로운, 하지만 반복되는 듯 보이는 하루하루가 지나갔다. 수면 위로 끊임없이 솟구치고 이내 물속으로 가라앉으며 끊임없이 일렁이는 파도처럼.

말라가를 떠난 지 81일째 되는 날, 칠흑 같은 어둠이 검푸른 색으로 변해가는 이른 새벽, 마르코는 희미하게 들려오는 목소리에 잠에서 깼다.

　"해안이 보인다!"

　불침번으로 망루에 올라가 있던 페르난도의 목소리였다. 정신이 번쩍 든 마르코는 선실 문을 박차고 나와 갑판 왼쪽 가장자리로 달려갔다. 아직 해가 뜨지 않았고 짙은 안개가 끼어 시야가 흐릿했지만, 저 멀리 보이는 건 육지의 형상이 분명했다. 곧이어 갑판으로 나온 알론소는 이제 해안선을 따라 남쪽으로 반나절만 내려가면 항구도시에 도착한다고 마르코에게 일러주었다.

두 발로 딛는 단단한 땅, 한 번도 본 적 없는 새로운 도시와 사람들도 그를 설레게 했지만 무엇보다 자신의 여행이 새로운 단계로 접어들었다는 기대감에 흥분이 가시질 않았다.

해가 솟아오르고 안개가 걷히니 이제는 명확히 육지가 보이기 시작했다. 선원들은 모두 갑판으로 몰려나와 또한 번의 긴 여정이 무사히 끝났음을 축하하기 시작했다. 술잔을 부딪치고 한껏 흥이 오른 그들은 노래를 부르며 왁자지껄하게 떠들어 댔다.

"야, 마르코! 넌 배에서 내리면 제일 먼저 뭘 할 거야?" 술에 취해 목소리가 더욱 커진 알바로가 마르코의 어깨에 손을 올리며 물었다.

"글쎄요. 저는 우선 마을을 좀 돌아봐야 할 것 같아요. 길을 좀 알아야 해서요." 신선한 과일과 음식이 먼저 생각났지만 자신에게 이곳에 온 더 중요한 목적이 있음을 떠올리며 대답했다. 마르코가 긴 항해를 통해 배운 것들 중 하나는 당장은 눈앞에 보이지 않는, 그렇지만 가장 중요한 목적지를 마음에서 놓지 않는 일이었다.

"마르코는 여기가 처음이잖아. 궁금한 게 많겠지. 그나저나 알바로, 넌 뭘 할 건데?" 알론소가 물었다.

"그야 물론, 나를 애타게 기다리는 아름다운 여인들한 테 가야지." 알바로는 팔짱을 끼며 사뭇 진지하게 말했다.

"아⋯ 여기 여자들은 사람보다 고릴라를 좋아하는 모 양이군." 페르난도의 말에 알바로가 성난 황소 같은 표정 을 지었다.

"뭐야!?" 마르코와 선원들은 배가 떠나가게 큰 소리로 웃었다. 마르코에 눈에 비친 그들은 개성이 강하고, 고집 이 세고, 표현이 서투르기에 처음에는 다가가기 어려웠 지만 꾸밈없이 솔직했고, 무엇보다 마음속에 따뜻함을 가진 사람들이었다. 한 배를 타고 위험한 고비를 넘기며 함께 보낸 시간 속에서, 처음에는 어색함과 거리감이 자 리했던 그들 사이에 어느새 깊은 유대감이 스며들어 모 두를 하나로 묶어주고 있었다.

모두가 항구에 도착하는 순간을 상상하며 즐거워하던 그때, 갑자기 배가 오른쪽으로 크게 휘청거렸다. 갑판에 있던 모두가 중심을 잃고 쓰러졌고 술병과 밧줄, 드럼통 이 한데 나뒹굴었다. 곧이어 크고 둔탁한, 기분 나쁜 파 열음이 들려왔다. '우지직' 여울목을 지나던 중 해류에 휩

쓸린 배가 암초에 부딪힌 것이었다.

자리에서 일어난 선원들이 일사불란하게 움직이기 시작했지만, 좀전의 충돌로 크게 부서진 탓에 뱃전으로 쏟아져 들어오는 바닷물을 막아내기엔 역부족이었다. 바위 틈을 지나는 빠른 물살이 더해져 미처 손쓸 틈도 없이 배는 기울기 시작했고, 갑판 후미에 있던 마르코는 제일 먼저 바다로 뛰어들었다.

수면으로 머리를 내민 마르코는 구명보트 쪽으로 헤엄치는 알론소를 보고 그 뒤를 따라가기 시작했지만 이내 배가 완전히 옆으로 쓰러지며 전부 돛대가 구명보트마저 두 동강 내고 말았다. 큼지막한 나무판자를 잡은 마르코는 고개를 들어 주위를 둘러보았다. 어디에도 기댈만한 곳은 없었다.

나무 판자를 가슴 아래에 끼워 넣고 본능적으로 육지를 향해 무작정 헤엄치기 시작했다. 조금 전, 배 위에서 바라볼 때까지만 해도 다 왔다고 생각했던 육지는 이제 결코 닿을 수 없는, 까마득히 먼 곳에 있는 것처럼 느껴졌다. 머릿속에는 아무런 생각도 떠오르지 않았고 그저 온 힘을 다해 앞으로 나아갔다. 그렇게 필사적으로 헤엄치기를 얼마간, 이제는 육지에 제법 가까워졌지만 무리

한 탓에 팔다리가 굳어 꼼짝도 하지 않았다. 설상가상으로 의식마저 희미해지기 시작했고 이내 축 처져버린 그의 몸은 나무판자에 올려진 채 파도의 움직임을 따라 조금씩 앞뒤로 움직였다.

잠시 후, 마르코는 희미해진 의식 속에서 자신의 얼굴이 모래에 닿아 있음을 느꼈다. 흐릿해진 시야 저편에서 누군가가 자신을 향해 걸어오는 것 같다고 느낀 마르코는 곧 완전히 의식을 잃었다.

일렁이는 파도는 소리 없이 다가와 모든 것을 집어삼키고는 아무 일도 없었다는 듯 이내 고요해졌다. 그들이 목적지에 가장 가까워진 바로 그 순간에, 바다는 살며시 다가와 모든 것을 앗아가고 깊은 절망만을 남겨놓았다. 삶이 때때로 그러하듯이.

2
부

"으음⋯."

마르코는 희미한 신음 소리와 함께 눈을 떴다. 의식이 완전히 돌아오지 않은 상태에서 마치 꿈을 꾸고 있는 것 같았고, 한편으로는 깊은 잠에서 깼다가 다시 꿈속으로 돌아온 것도 같았다. 생각이 멈춘 몽롱한 상태에서 마르코는 잠깐의 편안함을 느꼈지만, 곧이어 찾아온 두통과 심한 갈증의 감각이 그의 주의를 모두 빼앗아 갔다. 정신을 차린 마르코는 몸을 일으켜 주위를 둘러보았다. 짚으로 된 지붕을 얹은 작은 오두막 같은 공간에 그릇과 이불, 옷가지 등이 있는 것으로 보아 누군가 살고 있는 곳

같았다.

'덜그럭'

그때, 열린 문틈 사이로 무언가 딱딱한 물건들을 바닥에 쏟아놓는 듯한 소리가 들렸다. 마르코는 경계심에 신경이 곤두선 채 밖으로 나갔다. 문을 열고 나온 마르코는 밖에 있던 한 사내를 보았다. 매끈한 구릿빛 피부에 긴 팔다리를 가진 남성은 차분한 외모에 머리카락은 없었고 얼굴에는 덥수룩한 수염을 기르고 있었다. 그와 눈이 마주친 마르코는 자신도 모르게 몸의 긴장이 풀리는 것을 느꼈다.

그의 눈동자는 맑고 깊이가 있었는데 마치 오래 알고 지낸 사람의 그것처럼 편안한 느낌을 주었고, 저런 눈을 가진 사람은 누군가를 해롭게 하지 않을 것 같다는 직감이 마르코의 마음속에 스쳐 지나갔다. 짧은 정적을 깨고 남성이 말을 건넸다.

"오, 정신을 차렸구만. 질긴 목숨일세 껄껄. 자네가 언제 일어날지 몰라 나는 장작을 좀 해왔지. 이리 와서 목 좀 축이게." 그 남성은 나이에 비해 활력이 넘치는 목소리를 가지고 있었다. 마침 심한 갈증을 느끼던 마르코는 사내가 건네는 병을 받아 벌컥벌컥 물을 마셨다.

"옷차림으로 보나 생김새로 보나 자네는 이쪽 지방 출신이 아닌 것 같은데, 어쩌다가 바닷가에 홀로 있었나?" 마르코는 자신이 타고 있던 배가 남쪽으로 향하던 중 암초에 부딪혀 침몰했다고 설명해 주었다.

"그렇구만. 목걸이에 달린 구슬은 어디에서 난 건가? 그건 이쪽 지방에서도 흔하지 않은 물건인데." 사내가 다시 물었다.

"이건 여행을 떠날 때 어머니께서 주신 겁니다." 마지막 한 방울까지 모두 마셨지만 여전히 갈증을 느끼며 마르코가 대답했다.

"어머니가?" 고개를 갸우뚱 한 사내는 잠시 뭔가를 생각하더니 말을 이어갔다. "오 그런가. 혼자 떠돌아다니며 지내다 보니 시간이 어떻게 가는 줄도 모르겠구만. 껄껄." 알 수 없는 말을 하고는 혼자서 한차례 크게 웃은 남성이 마르코에게 물었다.

"그래, 원하는 보물은 찾았나?"

마르코는 말문이 막혔다. 예전에 광장에서 만난 노인처럼 이 사내도 자신의 마음을 훤히 들여다보는 것 같았다.

"아니지. 보물을 찾았으면 나에게 오지는 않았겠구만. 그런 눈빛을 하고 있지도 않을 테고 말이야. 껄껄. 그렇게 놀란 토끼 눈 뜰 것 없어. 난 사람의 마음을 읽는 재주 같은 건 없네. 하지만 상대방의 눈을 들여다보면 욕망을 느낄 수 있지. 사람의 눈은 언제나 마음을 비춰주거든." 말을 마친 남성은 장작을 한군데로 모아 불을 붙이기 시작했다.

"당신은 누구십니까? 그리고 여긴 어디죠?" 사내는 빈 병에 물을 더 따라주며 마르코의 이어지는 질문에 모두 대답해 주었다. 그에겐 부모님이 지어주신 아케시 라는 이름이 있었지만 신을 섬기기로 맹세한 이후로는 드루브 라는 이름으로 지내고 있다고 했다. 그들이 있는 이곳은 봄베이 북쪽의 나르골 이라는 작은 마을이었다.

그는 마르코의 질문 외에도 자기가 이곳저곳을 돌아다니며 있었던 일에 대해 설명해 주었는데 즐거웠던 일뿐만 아니라 힘들었던 사건들에 대해 이야기할 때도 그의 얼굴은 시종일관 어린아이 같은 순수함과 경이로움으로 가득했다. 이야기를 마치고 한바탕 호탕하게 웃은 그가 말했다.

"우리가 이렇게 만나게 된 것도 분명히 이유가 있을 테니 나와 함께 가세. 난 자네가 찾고 있는 보물이 어디에 있는지는 모르지만 어디에서 찾을 수 있는지는 알려줄 수 있을 것 같으니 말이야."

불가에 앉아 젖은 옷을 말리며 그의 이야기를 듣던 마르코에게 사내가 말했다. 어디에 있는지 모르면서 어디에서 찾을 수 있는지는 안다는 그의 말이 언뜻 이해는 되지 않았지만 마르코는 그를 따르기로 했다. 현재로써는 대안도 없을뿐더러 그의 직감은 그것이 옳은 길이라고 속삭였다.

이튿날 아침, 그들은 바다를 뒤로 한 채 동쪽으로 향했다. 마르코는 잠시 뒤를 돌아보며 처음 말라가에 도착했던 날을 떠올렸다. 그날 태양의 열기를 식히며 자신을 맞아주었던 바람은 이제 부드러운 손길로 그의 등을 밀어주고 있었다. 등 뒤에서 느껴지는 바람의 따뜻함은 할아버지의 손길과 닮아 있었다.

이전에 경험해 보지 못한 새로운 상황들이 눈앞에 나타났고 자신의 뜻대로 되지 않는 일과 번번이 마주했지만, 시간이 갈수록 그의 마음속에는 옳은 방향으로 가고 있다는 확신이 조금씩 차올랐다. 그전에는 느끼지 못했고 아직도 손에 잡히지는 않았지만 마르코는 마음속 깊은 곳에서 들려오는, 들릴 듯 말 듯 한 목소리의 존재를 조금씩 알아가고 있었다.

함께 걸으며 드루브는 마르코에게 많은 것을 물어보았다. 그의 어린 시절과 주변 사람은 물론이고 지금 하는 여행에 대해서도. 마르코가 어떻게 살던 마을을 떠나게 되었는지에 대해 얘기를 마쳤을 때, 드루브가 말했다.

"익숙한 곳을 떠나는 일에는 매번 어려움이 따르지. 하지만 새로움은 그것대로 즐거워. 늘 배울 것이 있으니까 말이야. 지금까지 여행하면서 알게 된 건 뭔가?"

그의 질문에 마르코는 여정을 되짚어 보며 대답했다.

"파도의 높낮이와 구름의 모양을 보고 날씨를 예측하는 법을 배웠죠. 바람에 맞춰 배를 움직이는 것도 배웠습니다. 모두 다 제가 살던 농장에서는 상상해 본 적 없는 일들이었죠. 그리고…" 곰곰이 생각하던 마르코는 문득 자신이 만난 사람들을 떠올렸다. 마르코의 여행에 중요한 영향을 미친 그들은 나이도 생김새도, 살아가는 방식도 제각각이었지만 모두 같은 교훈을 남겼다.

"겉모습만 보고 사람을 판단해서는 안 된다는 것도 알

게 되었죠."

"껄껄, 표정을 보니 즐거운 경험만은 아니었겠지만 중요한 걸 배웠구만. 사람도 그렇지만 우리가 살면서 마주하는 모든 상황이 그렇지. 보이는 부분과 보이지 않는 부분을 하나로 볼 줄 알아야 해."

"상황이라구요? 사람이야 겉으로 드러나지 않게 마음을 숨길 수 있으니 그렇다 쳐도 상황에서 보이지 않는 부분이라니, 그게 무슨 말입니까?"

"좋은 일이 좋은 일만도 아니고 나쁜 일이라고 해서 꼭 나쁜 것만도 아니란 말이야."

"바람직한 면에 집중하는 것이 좋다는 데에는 저도 동의합니다. 그렇지만 세상에는 분명히 좋지 않은 일들이 있는 것도 사실이죠."

"예를 들면?"

"질병이 생기거나 몸을 다치는 일 같은 경우가 그렇죠."

"그거야 자네가 건강한 몸과 그렇지 않은 몸을 둘로 구분해 놓고 비교하기 때문이지. 그렇게 생각하면 질병은 물론 나쁜 것이네. 하지만 더 큰 질병이 오기 전에 몸이 보내는 신호라고 생각하면 오히려 건강을 회복할 기회가 될 수도 있어. 몸을 다치는 경우도 마찬가지야. 자네가 다리를 다치는 바람에 목적지에 늦게 도착했다고 해 보세. 그러면 어떻게 느끼겠나?"

"아깝겠죠. 안 써도 될 시간을 낭비했으니까요."당연 하다는 듯 마르코가 대답했다.

"그렇다면 만약 자네가 제때에 맞춰 가던 길목에 강도 들이 있었다면 어떤가? 다친 다리가 자네의 목숨을 살렸 을 수도 있는 게지."

"음… 그럴듯하지만 무슨 일이 일어날지 늘 알고 있을 수는 없습니다."

"무슨 일이 일어날지 미리 알아야 한다는 것이 아닐세. 그건 누구에게도 불가능한 일이지. 내 말은, 무슨 일이 일어나고 있는지를 정확히 보아야 한다는 뜻이야."

알 듯 말 듯 한 표정을 짓고 있는 마르코를 보고 드루 브가 말을 이어갔다.

"자네가 배운 것을 예로 들어보세. 항해술은 머리로 익 힌 것이고 사람에 대한 교훈은 가슴에 새겨진 것이지. 머 리로 이해하는 것과 가슴으로 아는 것은 비슷해 보이지 만 매우 다른 일이야."

마르코는 여전히 알 수 없는 표정을 짓고 있었다.

"그런 교훈이… 항해술보다 더 중요하다는 말인가요?"

"껄껄. 자네는 둘로 나누어 비교하는 것을 참 좋아하는 구만. 더 중요하고 덜 중요한 건 없어. 항해술과 같은 지식이 없으면 바다에서 살아남기 힘들 테고 자네가 얻은 앎이 없으면 인간관계에서 어려움을 겪겠지. 이처럼 그것이 필요한 상황에서는 모두가 중요한 것들이네. 다만, 지식에 비해 앎은 더 큰 울림을 준다는 말이 하고 싶었던 것이지."

마르코는 뭔가 더 물어보려 했지만 이를 가로막으며 드루브가 말했다.

"오늘은 저 바위 아래에서 쉬어가도록 하세. 앞으로 남은 길도 험하니 첫날부터 너무 많이 걷는 것은 좋지 않을 듯하군."

드루브와 마르코는 서로 많은 것이 대해 묻고 이야기했지만 어디로 가는지에 대해서는 한 번도 언급한 적이 없었다. 그다음 날도 어김없이 대화를 이어가던 마르코는 자신이 어디로 가고 있는지 궁금해졌다.

 "그나저나, 저희는 어디로 가고 있는 거죠?"

 "동쪽을 향해서 가고 있지." 드루브가 간결하게 대답했다.

 "해 뜨는 곳을 봐서 저도 그 정도는 알고 있습니다. 제가 궁금한 건 방향이 아니라 '목적지'라구요."

 "아, 그렇지. 자네는 그게 궁금하겠지. 허허. 앞으로 며칠 더 걸으면 큰 숲이 나온다네. 숲을 지나고 나서 넓은 강을 하나 건너면 바라나시라는 도시가 있어. 우린 거기로 가고 있지."

"바라나시… 그 도시엔 뭐가 있죠? 특별한 곳인가요?" 생소한 이름을 되뇌이며 마르코가 물었다.

"그 도시는 오래된 옛 왕국의 수도였지. 보물을 찾아 여행하는 사람들로 늘 북적거리는 곳이야."

멸망한 고대 왕국의 숨겨진 보물. 잠시 잊고 있었던 단어가 또다시 마르코의 마음을 요란하게 흔들었다.

"그렇게 많은 사람들이 찾으러 오는데 제 몫이 남아 있을까요?" 초조함에 발걸음이 빨라지는 것을 느끼며 마르코가 물었다.

"물론이지. 워낙 많은 보물인 데다가 아주 깊은 곳에 숨겨져 있는 탓에 사람들이 쉽게 찾아내지를 못해."

"하지만 저는 그곳에 가본 적조차 없습니다. 허구한 날 거기서 찾아 헤매는 사람들도 못 찾은 걸 제가 무슨 수로 찾을 수 있죠?"

"끌끌. 보물 얘기가 나오니 아주 눈빛이 달라지는구만. 서두르지 말게. 조급함은 눈을 가려서 아주 중요한 것을 못 보게 하니까. 이번이 처음이든 열 번째든 그런 건 전혀 중요치 않아. 보물을 찾을 때 중요한 건 오직 하나뿐

이야." 드루브는 검지 손가락으로 자신의 눈 옆, 관자놀이를 짚으며 말했다.

"'어디를 보아야 하는가.' 바로 그것이지." 그러고 보니 어제도 그는 비슷한 얘기를 했다. 보물이 어디에 있는지는 모르지만 어디에서 찾을 수 있는지는 알 것 같다고. 하지만 그 둘이 어떻게 다르단 말인가. 의구심을 느낀 마르코가 물었다.

"그렇지만, 보물이 어디에 있는지 모르는데 저를 어떻게 데려다준다는 거죠?"

"도토리가 먹고 싶으면 어디로 가야 할까?" 드루브가 되물었다.

"그야 당연히 참나무가 있는 곳으로 가야죠."

"그럼, 참나무를 찾으려면 어디로 가야 하지?"

보물에 대한 자신의 질문은 제쳐두고 이상한 것을 물어오는 드루브에게 마르코가 불만스레 대답했다.

"참나무야 흔하디흔하니 숲에 가보면 어디든 있겠죠, 뭐."

"그렇지. 그래서 난 자네를 숲이 있는 곳으로 데려다주는 거야. 거기서 나무를 찾고 열매를 따는 것은 자네가 할 일이지. 기억하게. 뭐가 되었건, 진정으로 가치 있는 것은 반드시 스스로 찾아내야 해."

다음날 이른 아침, 잠에서 깬 마르코는 옆에 아무도 없는 것을 알아차리고 주위를 둘러보았다. 아직 해가 뜨지 않아 주변이 어두웠지만 멀지 않은 곳에 앉아 있는 드루브의 뒷모습이 보였다.

　"일찍 일어났네요. 오늘은 벌써 출발하는 건가요?"

　마르코가 물었지만 드루브는 아무런 말이 없었다. 그는 가부좌를 틀고 눈을 감은 채 동쪽을 향해 앉아 있었다. 미동조차 하지 않고 있었기에 앉은 채로 잠이 들었나 싶어 다시 한번 부르려고 가까이 다가갔다.

　드루브의 등을 향해 손을 뻗으려던 마르코는 무언가가

팔을 감싸는 듯한 느낌에 멈춰 섰다. 형체를 알 수 없는 그것은 봄바람처럼 부드럽게 다가왔고 뒤이어 따뜻한 기운이 발밑에서 올라와 온몸을 휘감으며 천천히 올라가기 시작했다. 등줄기를 따라 목을 거쳐 정수리까지 올라온 그 기운은 이곳저곳으로 뻗어 나갔고 주변이 환하게 밝아지는 듯했다. 마르코는 그것이 자신의 몸 안에서 느껴지는 것인지 바깥에서 느껴지는 것인지 구분할 수가 없었다.

다시 바라본 드루브의 뒷모습에서 마르코는 성스러운 의식을 보는 듯한, 그래서 방해하면 안 될 것 같다는 느낌이 들었다. 그는 분명 이와 비슷한 느낌을 받은 적이 있었다.

열아홉 살 되던 해에 처음 가본 세비야 대성당에서 미사에 참석했던 바로 그때였다. 널따란 대성당에 울려 퍼지던 웅장한 음악 소리도, 스테인드글라스를 통해 들어오는 아름다운 빛도, 의식을 주관하는 고위 성직자나 성찬 전례 의식도 없었지만 분명 그때 온몸을 감쌌던 전율과 비슷한 느낌이었다.

이윽고 지평선 너머로 떠오른 태양이 어둠을 걷어내자 드루브는 가볍게 숨을 내쉬고는 천천히 눈을 떴다.

"일찍 일어났군. 자, 출발하세나." 자리에서 일어난 드루브가 짐을 들쳐메며 말했다.

그의 뒤를 따라 걸으며 마르코는 좀 전에 자신의 몸을 감쌌던 무언가에 대해 생각했다. 짧지만 강렬한 여운이 남는 경험이었다.

"아까 눈 감고 앉아 있을 때는 뭘 하신 거죠?" 마르코가 앞으로 내민 자신의 두 손을 바라보며 말했다.

"음, 대화를 나누고 있었지." 사과를 한 입 베어 물며 드루브가 대답했다.

"대화라뇨? 아무 말도 안 하고 있었잖아요?"

"대화를 할 때는 말하는 것보다 잘 듣는 것이 더 중요해. 어리석은 사람이 아무렇게나 떠들어대도 누군가가 귀 기울여 들으면 대화는 계속되지. 하지만 아무리 고귀한 것에 대해 말해도 듣는 이가 경청하지 않으면 전혀 의미가 없게 되어버려. 그래서 아까처럼 늘 듣는 연습을 하는 것이지."

"항상 마음을 연 채로 귀 기울여야 해." 그레타 할멈도 듣는 것의 중요성에 대해서 얘기했었다.

"그렇지만 아무도 말하는 사람이 없었는데 뭘 듣고 있었다는 거죠?"

"껄껄, 꼭 사람이 내는 소리만 들어야 하나. 풀벌레 소리나 새들이 지저귀는 소리, 나뭇가지 사이를 지나는 바람 소리, 위에서 아래로 끊임없이 흐르는 물소리와 하늘에서 내려와 대지를 적시는 빗소리, 쉼 없이 떠들고 싶어 하는 내면의 목소리, 그리고 이 모든 것들의 배경이 되는 고요한 침묵까지… 귀 기울이지 않으면 놓치기 쉽지만 이렇게 들을 것이야 늘 있지."

'내면의 소리'라는 말을 듣자 마르코는 항해 중 겪었던 일이 떠올랐다. 아무리 멈추려고 해도 끊임없이 따라오던, 집요하게 자신을 어둠 속으로 끌어당기던 목소리. 그때 느꼈던 절망감을 떠올리니 지금도 몸에 힘이 빠지는 듯했다. 마르코는 그 일에 대해 얘기하고 나서 물었다.

"또 그런 일이 생기면 어떻게 해야 할까요?"

"그렇게 목소리가 커지는 것은 듣지 않으려고 하기 때문이지. 해결하는 방법은 의외로 간단해. 아까도 말했듯이 잘 들어주면 돼. 왜 나에게 이런 말을 하는 것인가 그 의중을 헤아리면서 잘 듣고 있으면, 나타날 때 그랬듯이 어느샌가 잠잠해져 버린다네. 더욱이 중요한 건 그 목소리도 자신의 일부야. 그러니 떼어버리고 멀리 도망치려고 하면 더욱 큰 소리를 낼 수밖에. 몸에 간지러운 부분

이 있으면 긁어주면 될 일이지 살을 도려낼 필요는 없지

않겠나."

함께 걷고 이야기를 나누면서 마르코는 드루브가 믿을 만한 사람이라는 확신이 생겼지만 여전히 미심쩍은 부분이 있었다. 보물이 있는 대략적인 위치도 알고 있으면서 왜 생면부지의 자신을 데리고 간다는 말인가. 아무리 생각해 봐도 그에게 득이 될 리 없었다. 혹시나 그의 마음이 변할까 싶어 망설였지만 끝내 궁금함을 참지 못하고 마르코가 물었다.

 "그런데, 왜 저를 거기로 데려다주는 거죠? 직접 가서 찾으면 혼자서 다 가져도 되잖아요."

 "그것이 나에게 주어진 일이기 때문이지. 자네는 왜 그토록 많은 사람들이 보물을 찾아 이리저리 헤매고 다닌다고 생각하나?"

"그야, 보물이 누구에게나 가치 있는 것이기 때문이죠."

"그런가… 보물이 어떤 가치를 갖는데?"

"휴, 보물이 있으면 원하는 건 뭐든지 살 수 있죠. 그야 어린아이들도 다 아는 사실입니다." 되돌아온 질문에 마르코가 가볍게 한숨을 쉬며 마지못해 대답했다.

"껄껄. 내 질문이 너무 식상해서 지겨운 모양이군. 그렇다면 조금 다르게 생각해 보지. 만약 보물로 살 수 있는 것 중에서는 아무것도 원하는 것이 없는 사람이 있다면, 그와 같은 사람에게 보물은 어떤 가치를 가질까?"

값비싼 것들 중에서 원하는 것이 없는 사람이라니. 그런 사람이 있을 수도 있는 것인가. 문득 자신은 한 번도 그렇게 생각해 본 적이 없다는 것을 깨달았다. 이번에는 쉽게 대답하지 못하는 마르코였다. 생각에 잠겨 있는 마르코를 보며 가볍게 미소 지은 드루브는 길가에 놓여 있는 조약돌을 주워들었다.

"이 돌멩이와 같은 것이지. 단지 조금 더 반짝거릴 뿐." 그의 손에 있는 조약돌을 물끄러미 바라보던 마르코는 항해 중 경험했던 것과 비슷한 느낌에 휩싸였다. 좁은 선실에 있다가 갑판으로 나와 끝없이 펼쳐진 바다를 보았던, 그때와 같은 해방감이 마음속에서 일었다. 이내 조약돌을 멀리 집어 던지며 드루브가 말했다.

"보물을 얻는 것은 다른 이가 보물을 찾도록 돕는 일에 비하면 아주 사소한 기쁨이지."

늘 한걸음 앞에서 걷는 드루브는 마르코가 이해하기 어려운 행동을 많이 했다. 한 시간도 채 걷지 않았는데 커다란 절벽 밑으로 들어가 휴식을 취하고 갑자기 방향을 틀어 남쪽으로 한참을 걷기도 했다. 숲을 지날 때는 빵을 잘게 부수어 손바닥에 올려놓은 채 쉬었고 자갈밭을 걸어가면서는 눈을 감고 알 수 없는 혼잣말을 중얼거렸다.

그런데 놀랍게도 그가 그런 행동을 할 때마다 적절한 상황이 뒤따라 찾아왔다. 휴식을 취할 때면 갑자기 돌풍을 동반한 거센 소나기가 내렸고 음식을 꺼내놓으면 기다렸다는 듯 다람쥐나 새처럼 작은 야생동물들이 다가왔다.

처음에는 우연인가 싶었지만 벌써 며칠이나 같은 일이 반복되었고 마르코는 확신했다. 그는 매번 잠시 후에 무슨 일이 일어날지 아는 사람처럼 행동했다.

"도대체 어떻게 하는 겁니까?" 마르코가 물었다.

"뭘 어떻게 해?" 드루브가 무미건조하게 대꾸했다.

"비가 내릴 것도 미리 알아차리고, 사람의 인적도, 길도 없는 숲속에서 먹을 수 있는 열매가 있는 방향으로 걸어가고, 야생동물들이 집에서 키우는 양처럼 경계심 없이 다가오게 하고. 이런 모든 것들이요."

"허허, 그건 뭐 별거 아니야. 사실 누구나 할 수 있는 것들이지. 말로 설명하긴 어렵지만 말이야. 그보다 마르코, 인간이 만든 것 중에 가장 강한 게 뭘까?" 이번에도 되돌아온 것은 대답이 아닌 질문이었다.

"가장 강한 거라… 글쎄요. 단번에 목숨을 위협할 수 있는 총이나 칼이겠죠. 아니지, 그보단 높은 성벽을 부수거나 배를 침몰시킬 수 있는 대포가 더 강하겠네요." 미간을 살짝 찌푸리며 마르코가 대답했다.

"껄껄. 자네 말도 일리가 있군. 그것들도 어떤 의미에서 강하긴 하지. 그렇지만 그것들과는 비교도 안 되게 더

강력한 게 있어." 마르코는 아무리 생각해 봐도 그보다 강한 것이 떠오르지 않았다.

"그게 뭐죠?"

"그건 바로 언어야. 역사의 어느 시점엔가 인간은 언어라는 도구를 만들었고 덕분에 실로 놀라운 일들을 해냈어. 거대한 성벽과 문명을 건설했고, 지나가 버린 시간을 기록했지. 끝없이 넓은 바다를 건너 모든 대륙을 여행하고, 한때는 맹수의 습격을 두려워했던 나약한 인간이 자연 현상을 극복했다네." 그는 잠시 말을 멈추고 씁쓸한 표정을 짓더니 말을 이어갔다. "하지만, 그 대가로 너무나 큰 것을 잃어버렸지. 그게 뭔지 알겠나?"

마르코의 어리둥절한 표정을 본 드루브가 말을 이어갔다.

"그건 바로 자연의 모든 것들이 소통하는 하나의 언어라네."

"자연이 소통하는 언어라구요?" 더욱 커진 호기심을 느끼며 마르코가 되물었다.

"그래. 만물은 하나의 거대한 흐름 속에서 끊임없이 소통하고 있지. 인간의 언어에 익숙해진 탓에 사람들은 잘 듣지 못하지만 말이야." 예전의 그라면 그게 무슨 얼토당토않은 소리냐고 따졌겠지만, 이미 내뱉지도 않은 자신의 마음을 읽는 노인을 만나보지 않았던가. 그리고 드루브는 늘 듣는 연습을 한다고 했었다. 불가능하다고 여겼던 것에 마음을 열자 계속해서 궁금한 것이 생겼다.

"그렇다면… 새가 뭐라고 지저귀는지 알아듣는다는 말인가요? 어떻게 하는 거죠? 저도 할 수 있나요?" 잔뜩 기대하며 마르코가 물었다.

"새가 뭐라고 하는지 알아듣냐고? 와하핫." 드루브는 숨이 넘어가게 웃어댔다. "아, 미안 미안. 허무맹랑한 소리를 너무 진지하게 해서 말이야." 한바탕 웃고 나서 그가 이어 말했다.

"물론 새가 뭐라고 하는지 난 몰라. 자네가 그렇게 생각하는 건 여기로 이해하려는 습관 때문이지." 그는 자신의 머리를 가리키며 얘기했다.

"뭐, 인간의 언어는 그렇게 하기 위해 만들어졌으니 그게 당연해. 하지만, 다른 언어를 이해하려고 할 때는 바로 여기를 써야 해." 이번에는 마르코의 가슴을 가리키며 말했다.

"가슴을 통해서… 듣는다구요?" 자신의 가슴을 슬쩍 내려다보며 마르코가 물었다.

"그렇지. 가슴을 활짝 열고 주변의 흐름을 인식하면

돼. 그게 다야. 그러다 보면 어느새 자기 자신도 그 흐름의 일부라는 사실을 알게 되지. 그 뒤로는 아무런 노력도 필요치 않아. 그저 흐름에 자신을 내맡기면 되지."

드루브의 언어는 명확하고 간결했지만 여전히 머리로 이해하려고 애쓰는 마르코에게는 풀리지 않는 수수께끼 같았다.

"흐름을 인식하고 내맡긴다… 어렵네요. 그런데, 그렇게 하면 뭐가 달라지죠?"마르코가 물었다.

"오, 마르코. 그건 기대해도 좋아. 짐작하겠지만 나도 처음부터 이런 모든 걸 알지는 못했지. 이전에는 집도 없고 가진 것도 없는 가난한 떠돌이로 살고 있었어. 하지만 지금은 모든 것이 달라졌지. 깊은 깨달음을 얻고 난 이후로는 말이야…" 가까이 오라는 손짓과 함께 신비감을 고조시키는 그의 말투에 마르코의 심장이 쿵쾅거렸다. 평범한 사람은 모르는, 엄청난 비밀을 곧 알게 된다는 기대감이 그를 흥분시켰다.

"가난하게 떠돌고 있다네."마르코의 귓가에 대고 속삭이듯 말을 마친 드루브가 언제나처럼 호탕하게 웃었다.

"예? 장난하는 겁니까? 달라진 게 아무것도 없잖아요?"

"껄껄. 맞아. 겉보기에 달라지는 건 없어. 하지만 말이

야, 같은 것을 먹고 같은 옷을 입고 여전히 같은 일을 할
지라도, 자신이 누구인지 모르고 하는 것과 알고 하는 것
은 바위틈에 고인 빗물과 드넓은 바다 만큼이나 그 깊이
가 다르다네."

그의 말은 늘 어딘가 모호하게 다가왔지만 자신도 모
르는 사이에 마르코의 마음에 조금씩 새겨지며 보이지
않는 변화를 일으키고 있었다.

마르코가 드루브와 만난 지 열하루째 되던 날. 해가 뉘
엿뉘엿 넘어가는 늦은 오후, 외진 산길을 걸어가던 그들
은 열 명 남짓 되는 한 무리의 사내들과 마주쳤다. 사냥
을 다녀오는 듯한 그들은 허리춤이나 손에 칼과 화살을
지니고 있었다. 앞서가는 드루브는 수행자의 복장을 하
고 있었기에, 남성들은 그에게 가벼운 목인사를 건네고
지나쳐갔다.

　마지막 사람이 마르코를 곁눈질로 쳐다보며 스쳐 지나
가던 바로 그때, "이교도다!" 무리 중의 한 사내가 마르코
의 목에 걸린 십자가를 가리키며 날카롭게 외쳤다. 비록

처음 들어보는 언어였지만 마르코는 여행하는 동안 자연의 언어에 대해 배웠고 그의 예리해진 감각은 강한 적개심과 공격성을 느꼈다. 사내와 그 무리들은 마르코에게 무기를 겨눈 채 주위를 둘러쌌다.

"왜 그러는 거요?" 갑작스러운 상황에 드루브가 그들에게 물었다.

"당신은 수행자인듯한데 어째서 이교도와 함께 다니는 겁니까?" 무리의 가운데에 서 있는 남성이 물었다.

"이 친구가 외지인인 것은 맞소. 나는 그저 길 안내를 해주던 중입니다만, 이교도라니 그게 무슨 말입니까?" 둘은 한동안 대화를 나누기 시작했다. 이곳의 언어를 쓰는 탓에 마르코는 무슨 얘기인지 알아들을 수 없었지만 드루브의 표정과 주위를 둘러싼 기운에서 상황이 좋지 않은 방향으로 흘러가고 있음을 느꼈다. 잠시 후 대화를 마치고 마르코를 향해 돌아선 드루브가 말했다.

"허헛 이거 참, 아무래도 이제 자네와 헤어질 시간이 된 것 같군."

"예? 헤어지다니, 아니 갑자기 그게 무슨 말입니까? 저 사람들은 대체 저한테 왜 저러는 거구요?" 당혹스러운 표정으로 마르코가 말했다.

"얘기를 들어보니 저들이 살던 마을에 자네가 믿는 종교를 가진 사람들이 다녀갔더군. 정확한 의도는 나도 알 수 없지만 아마 자신들의 종교를 믿도록 강요한 모양이야. 그리고…." 드루브는 잠시 무거운 표정을 짓고 말을 이어갔다. "말을 따르지 않은 사람들에게 아주 나쁜 짓을 했다네. 저들의 가족도 그중에 있었고. 때문에 원래 살던 곳에서 도망치다시피 빠져나와 떠돌고 있다는군. 그래서 저렇게 화가 많이 난 게지."

"안타까운 얘기지만 저랑은 전혀 관계없는 일인걸요? 그 사람들이 저랑 같은 곳에서 왔는지조차도 모를 일이라구요." 억울함을 토로하며 마르코가 얘기했다.

"나도 그렇게 얘기는 했지. 그렇지만 저들의 분노가 너무 강해서 지금은 도무지 대화가 되지 않는구만. 일단 해를 입지 않으려면 저들이 사는 곳으로 따라가는 게 좋겠네. 함께 가고 싶지만, 나도 한통속이라고 생각하고 싶지 않으니 따라오지 말라는군."

무리에서 한 사내가 나와 마르코의 팔을 잡고 뒤로 묶기 시작했다.

"따라가면, 그다음엔 어떻게 되는 거죠? 저는 이제 어떻게 해야 하죠? 아니, 무슨 일이 일어날지 늘 알고 있었잖아요?" 불안감을 느끼며 마르코가 다급하게 물었다.

"저들이 어떤 생각을 하는지 나로서는 알 도리가 없네. 사람은 누구나 스스로 선택하고 행동할 자유를 가지고 있으니까. 갑작스럽지만 이렇게 되는 것에도 반드시 그 의미가 있을 걸세. 그렇지 않다면 우리가 애초에 만나기도 어려웠을 테지."

말을 가로막고 사내들이 마르코를 데려가기 시작했다. "무슨 일을 마주할지 모르겠지만, 아무리 발버둥 쳐도 앞이 보이지 않을 때는 길을 찾으려는 노력을 멈추도록 해봐. 때로는 아무것도 하지 않는 것이 가장 올바른 길로 안내하기도 하는 법이니까."

시종일관 동요하지 않는 어조로 말을 마친 드루브는 가슴 앞에 양손을 모으고 멀어져 가는 마르코를 말없이 바라보았다. 함께 걷는 동안 늘 앞에 서 있던 그는 마르코의 뒷모습을 제대로 본 적이 없었다. 하지만 처음 보는 그의 뒷모습은 왠지 낯설지가 않았다. 마치 오래전에 알고 지냈던 누군가를 만난 것처럼. 무리가 큰 바위 모퉁이를 돌아 샛길로 들어서자 마르코는 시야에서 완전히 사라졌다. 그 뒤로도 한동안, 들리지 않는 작은 목소리로 무언가를 되뇌이며 드루브는 그렇게 서 있었다.

얼마 가지 않아 숲이 끝나고 널따란 구릉지가 나타났다. 임시 거처로 보이는 듯한 천막이 여기저기 세워져 있었는데 마르코를 데리고 온 사내들은 가운데 위치한 가장 큰 천막 앞으로 그를 데리고 갔다. 곧이어 사람들이 몰려들었고 그중 나이가 많아 보이는 남성들이 마르코의 앞에 모여 한동안 얘기를 나누었다.

마르코는 여전히 그들의 언어를 알아들을 수 없었지만 대화를 주도하는 이들의 눈빛과 격앙된 어조에서 확실히 알 수 있었다. 곧 자신에게 좋지 않은 일이 일어날 것임을.

잠시 후, 대화가 끝나고 내내 차분하게 듣고 있던 노인이 마르코의 앞으로 걸어 나왔다. 노인이 손짓하자 한 젊은 청년이 통역을 위해 다가왔다.

"여기 있는 모두가 최근에 큰 아픔을 겪었다네." 청년의 입을 통해 노인이 말했다.

"무슨 일이 있었는지는 모르지만 유감입니다. 하지만 저는 이곳에 다녀간 그들과 관계가 없는 사람입니다." 애써 침착한 어투로 마르코가 대답했다.

"그런 말로 이들의 분노를 달랠 수는 없다네. 갑작스레 가족을 잃고 삶의 터전을 잃어버린 사람들이야. 그리고 그건." 노인은 한쪽 손을 들어 마르코의 목에 걸린 십자가를 가리키며 말을 이어갔다. "자네가 믿는 신에게서 비롯되었지."

"제가 믿는 신은 다른 사람에게 해를 입히라고 가르치지 않습니다."

"이렇게 된 마당에 자네의 교리니 가르침이니 그런 건 중요치 않다네. 중요한 것은 그들이 우리에게 한 행동이고, 그것은 지울 수 없는 상처를 남겼지. 그래서 대다수의 사람들이 자네를 처형해야 한다고 말하고 있네." '처형'이라는 말을 들은 마르코는 침을 꿀꺽 삼켰다.

"다만." 노인이 말을 이어갔다. "많은 젊은이들이 이성을 잃을 만큼 분노했지만 우리는 본디 생명을 경시하는 사람들이 아닐세. 그러니 내 자네에게 하루의 시간을 주지. 자네가 믿는 신의 존재를 증명하게. 그러면 내가 책임지고 그대를 가던 길로 돌아가도록 해줄 테니."

"증명이라뇨? 제가 뭘 하면 됩니까?" 자신의 목숨이 달린 일이었다. 무엇이든 못할 것이 없다고 생각하며 마르코가 물었다.

"애써 일궈온 비옥한 토지도 빼앗겼고 보다시피 이 주변엔 큰 강도 없네. 하지만 우리는 당분간 이곳에서 지낼 수밖에 없으니 이 땅에 비를 내리게 하게. 정해진 시간은 내일 정오까지일세."

"잠… 잠깐만요. 그건 제가 할 수 있는 일이 아닙니다!" 마르코가 애타게 소리쳤지만 노인은 자신은 더 이상 할 말이 없다는 듯 돌아섰다. 잠시나마 눈앞에 아른거리던 희망이 사라지자 더욱 깊은 절망감이 엄습해 왔다.

어느새 해는 완전히 넘어가 주변엔 짙은 어둠이 깔리기 시작했고 망연자실한 마르코를 두 사내가 일으켜 천막 안으로 데려갔다.

다음 날 이른 아침, 사람들은 마르코를 천막 가장자리에 위치한 공터로 데려갔다. 그곳에는 높이가 5미터 정도 되어 보이는 두꺼운 기둥이 세워져 있었다. 사내들의 손에 이끌려 사다리를 딛고 올라선 마르코는 기둥 중간 불룩 튀어나온 부분에 올라섰고 손은 뒤로 한 채 묶였다.

　여행 도중 어려움에 처할 때마다 앞이 캄캄하다고 느끼긴 했지만 이번엔 그 정도가 달랐다. "앞이 보이지 않을 때는 길을 찾으려는 노력을 멈추도록 해봐. 때로는 아무것도 하지 않는 것이 가장 올바른 길로 안내하기도 하는 법이니까."

드루브가 헤어지기 전에 해준 말이 문득 생각났지만 이미 자신은 두 손이 묶여 아무것도 할 수 없었다. 실낱 같은 희망조차 보이지 않았다. 우연히라도 비가 내리지 않을까 싶은 마음에 사방을 둘러보았지만 하늘은 맑고 구름 한 점 보이지 않았다. 애타는 그의 마음과 관계없이 시간은 계속해서 흘러갔다.

한 무리의 남성들이 짚더미를 가져와 기둥 아랫부분에 쌓았고 높아진 태양은 마르코에게 정해진 시간이 다가왔음을 알려주었다. 잠시 후, 어제 대화를 나누었던 노인이 나와 멀찍이 보이는 의자에 자리했다. 젊은 남성이 그를 바라보았고 노인은 눈을 지그시 감은 채 고개를 끄덕거렸다.

이윽고 그들은 마르코의 발밑에 있는 짚더미에 불을 놓기 시작했다. 발끝에서 조금씩 열기가 느껴지기 시작했고 세 명의 남성이 활을 들고 마르코의 정면에 나와 섰다.

받아들이고 싶지 않았지만 모든 것이 끝났다. 거스를 수 없는 거대한 운명의 흐름 앞에서 자신이 너무나 작고 초라하게 느껴졌다.

'아니야. 내 모험이 절대로 이렇게 끝나서는 안 돼!' 마음이 그 어느 때보다 소란스럽게 외쳤지만 이제 마지막이라는 것을 직감한 마르코는 저항을 내려놓고 현실을 받아들이기로 결심했다. 눈을 감은 뒤 극도로 긴장했던 몸에 힘을 빼고 천천히, 깊은숨을 들이쉬었다.

"후우…." 마지막이라고 생각하며 깊게 들이마셨던 숨을 천천히 내뱉는 바로 그 순간, 모든 것이 멈추었다. 귓가에 스치던 잔잔한 바람의 소리, 수축된 팔다리의 근육, 마른 침을 삼키던 목에서 느껴지던 갈증, 등에 닿아 있는 딱딱한 나무의 감촉과 발끝에서 느껴지던 불의 열기까지…. 조금 전까지 바깥에서 느껴졌던 모든 감각이 사라지고 의식이 내면의 한 곳으로 집중되었다.

그곳은 아무것도 없이 텅 비어 있는 공간 같기도 했고 형체가 없는 무엇인가로 가득 차 있는 것 같기도 했다. 한편으로는 깊은 심연으로 끝없이 떨어지는 것 같았지만 마르코가 느낀 것은 차가운 두려움이 아니라 따뜻한 안정감이었다.

그곳에서 바라보는 세상은 조화롭고 아름다웠으며 완벽했다. 한 치 앞도 보이지 않는 바다의 짙은 안개와도 같았던 자신의 지난 여정도, 그 안에서 만났던 모든 사건과 사람들도 모두 다 정확히 제자리에 있었다. 그리하여

마침내 그가 이곳에 도달할 수 있도록.

조금 전, 마르코는 자신이 외부 상황에 굴복할 수밖에 없는, 한없이 무력하고 초라한 존재라고 생각했지만 지난 여정의 갈림길에서 매 순간 선택을 한 것은 외부의 어떤 힘이 아니라 자기 스스로의 의지였음을 떠올렸다.

모든 상황이 그를 이곳으로 이끌었지만 그렇게 하기로 결정한 것은 다름 아닌 자신이었다. 운명은 결말이 정해진 채로 주어지는 것이 아니라, 주어진 것을 활용해 언제든 자신이 새로 쓸 수 있는 것이었다.

"중요한 것은 바람이 불어오는 방향이 아니라 그것을 받아들이고 어떻게 이용하는가 하는 것이지." 알론소의 말은 항해뿐만 아니라 삶에도 똑같이 적용되는 것이었다.

이내 시간의 흐름도, 공간의 제약도 없는 절대적인 고요함 속에서, 마르코는 이전에 한 번도 경험해 본 적 없는 깊은 침묵과 마주했다. 귀에는 아무런 소리도 들리지 않았지만 마르코는 침묵의 언어를 들었다.

감각을 통해서는 느낄 수 없는, 언제나 그리고 어디에나 있었지만 분주하고 소란스러운 마음 때문에 지각할 수 없었던, 그것은 신의 음성이었다.

"놓아버려. 네가 진짜 누구인지 알고 싶다면."

깊은 앎이 가슴을 통해 의식의 수면 위로 떠오른 그 순간, 마르코는 다시 시간의 흐름 속으로 돌아왔지만 그것을 초월해 있었다.

하늘이 찢어지는 듯한 굉음과 함께 벼락이 내려쳐 마르코가 묶여 있던 기둥이 반으로 갈라졌다. 별안간 사람이 서 있기 힘들 정도의 돌풍이 일었고 짙은 먹구름이 몰려들었다. 이내 폭우가 쏟아지기 시작했고 메마른 땅은 어느새 빈틈없이 촉촉이 젖어갔다.

이후로도 무려 서른여섯 번의 벼락이 더 내려친 뒤에야 비바람이 잦아들기 시작했다. 벼락이 떨어진 천막은 완전히 부서지고 기둥은 뿌리째 뽑혀 바람에 날려갔으며, 남성들의 앞에 놓인 칼과 활은 두 동강이 나 있었다. 하지만 어디에도 다친 사람은 없었다.

잠시 후, 비가 완전히 멎었고 마르코는 눈을 떠서 자신을 결박해 두었던 사람들이 바짝 엎드려 있는 것을 보았다. 자신의 목숨을 앗아가려고 했던 사람들이지만 놀랍게도 그의 마음속에서는 더 이상 분노나 적개심이 일어나지 않았다. 그가 두려움에 떨고 있는 그들에게서 본 것은 다름 아닌 자기 자신이었다.

　"내가 지시한 것이니 부디 다른 이들은 용서하시오!"

　마르코가 한 걸음 다가가자 어제 대화를 나누었던 노인이 더욱 바짝 엎드리며 말했다.

　"일어나세요." 표정만큼이나 온화한 목소리로 마르코

가 입을 열었다. 통역사의 입을 거치지 않았지만 사람들
은 하나둘씩 고개를 들어 그를 바라보았다. 아무런 생각
도 떠올리지 않았지만 그의 입에서는 자연스럽게 말이
흘러나왔다.

"당신들의 억울함과 비통함은 감히 헤아리기 어렵습니
다. 다만, 무지한 이들의 악행은 필히 그 대가를 치르게
될 것입니다. 여기에서 그 고통을 끝내고자 단단히 결심
하지 않는다면 분노는 분노를 낳고 더욱 큰 희생을 가져
올 것이며 결국엔 아무것도 남기지 않고 모조리 파괴할
것입니다."

분노와 두려움에 찬 그들을 보며 마르코는 자신의 가
슴이 조여오는 듯한 통증을 느꼈다.

"당장은 어렵겠지만 시간이 조금 지난 뒤에라도, 당신
자신들을 위해서 부디 그들을 용서할 수 있게 되기를 바
랍니다. 복수에는 반드시 대가가 뒤따르지만, 용서를 해
서 후회하는 일은 없을 것입니다."

말을 마치고 돌아선 마르코는 동쪽을 향해 유유히 발
걸음을 옮겼다. 남겨진 이들은 그의 뒷모습에 대고 연신
절을 해댔다. 마르코와 대화를 나누었던 노인은 그 의미
를 알 수 없는 눈물을 흘렸다.

이후로도 8일 밤낮을 더 걷고 나서야 마르코는 드루브가 알려준 오래된 도시, 바라나시에 도착했다. 비록 어렵고 긴 여정 이후였지만 마르코의 발걸음은 그 어느 때보다 가벼웠고, 위에서 아래로 애쓸 없이 흐르는 물처럼 아무런 노력 없이도 원하는 방향으로 그를 안내하고 있었다.

커다란 도시는 그 규모와 역사에 걸맞게 새로움으로 가득했다. 둥근 지붕을 가진 사원과 붉은 벽돌로 지어진 건물들, 깃털이 달린 모자를 머리에 쓰고 둥글게 휘어진 칼을 찬 남성들과 형형색색의 보석과 비단으로 치장한 여인들, 여기저기에서 들려오는 이국적인 음악 소리와 먹어보지 않아도 코끝과 혀의 감각을 동시에 자극하는 음식의 향기.

모두 페르난도의 보물들이었다. 눈앞을 스쳐 지나가는 모든 것이 새로웠지만, 그중 어느 것도 마르코의 주의를 잡아끌지는 못했다.

한 걸음 한 걸음에 주의를 기울이며 강을 따라 올라가니 둔치에 나이를 가늠하기 어려운 커다란 나무가 서 있었다. 여러 개의 줄기가 한데 얽힌 듯한 모양으로 자란 그 나무는, 고향을 떠나기 전 꿈에서 보았던 바로 그 나무와 비슷한 모양새였다.

나무 아래 그늘에 앉은 마르코는 조용히 눈을 감고 다시 한번 깊은 침묵에 빠져들었다. 일상적인 시간의 흐름을 벗어난 순간 속에서 나무는 그에게 많은 이야기를 들려주었다. 이곳을 지나간 사람들과 그들에게 일어난 사건들, 그리고 앞으로 그가 걸어야 할 길에 대하여. 이윽고 눈을 떴을 때, 문득 드루브가 했던 말이 떠올랐다.

"보물을 얻는 것은 다른 이가 보물을 찾도록 돕는 일에 비하면 아주 사소한 기쁨이지." 마르코는 자리에서 일어나며 발치에 있는 조약돌을 하나 주워들었다. 돌을 손에 쥐고 다시 어디론가 발걸음을 옮기는 마르코의 주머니는

여전히 텅 비어 있었다. 이제 새로운 여행을 떠나려는 그
의 입가에는 어디선가 본듯한 옅은 미소가 번졌다.

에
필
로
그

"살려주세요!" 숲속을 지나던 파울로의 귀에 어린아이의 목소리가 들려왔다. 이해할 수 없는 언어였지만 다급함이 가득 담긴 외침이었다. 강기슭으로 나와 두리번거리던 그는 물에 빠져 허우적거리는 한 소년을 보았다. 폭은 넓지 않은 강이었지만 새벽녘부터 내린 비로 인해 불어난 물은 빠른 속도로 흐르고 있었다.

　소년은 바위틈에 낀 나무뿌리를 한 손으로 잡고 겨우 버티고 있었는데 곧 힘이 빠져 놓칠 것이 분명했다. 자신도 위험해질 수 있는 상황이었지만 그의 몸은 마음보다 빠르게 움직였다. 망설임 없이 물속으로 뛰어든 파울로는 거친 물살을 헤치고 소년에게 다가갔다.

"내 손을 잡아!" 소년 역시 파울로의 말을 이해하지는 못했지만 그가 내미는 손을 덥석 잡았다. 한 팔로 소년의 목을 감싸고 어렵사리 물가로 헤엄쳐 나온 뒤 파울로는 땅에 누워 거친 숨을 몰아쉬었다.

"헉. 헉. 괜찮니?" 자리에서 일어난 소년은 고개를 꾸벅거리며 같은 말을 반복했는데 아마도 고맙다는 말을 하는 것 같았다.

잠시 후, 소년이 파울로의 팔을 붙잡고 다른 한 손으로 어느 방향을 가리키며 잡아끌기 시작했다. 자신이 가던 방향과는 다른 길이었지만 소년이 사는 마을이 멀지는 않을 것이라고 생각했다. 그곳에서 식량을 구하고 다시 길을 가야겠다고 생각한 파울로는 소년의 안내를 받으며 걸어갔다.

마을 입구에 도착하자 소년의 어머니로 보이는 듯한 여성이 그들이 있는 쪽으로 부리나케 달려왔다.

"아케시! 도대체 어디 다녀온 거니? 옷이 왜 다 젖었어?" 여성은 자신의 아들과 함께 나타난 이방인에게 경계심을 지닌 채 물었고 소년은 자초지종을 설명했다. 소년의 말이 끝나자 그 여성은 고맙다는 듯한 말을 반복하며 파울로를 자신의 집으로 안내했다.

집에 도착한 여성은 자신의 남편과 잠시 이야기를 나누었고, 큰 보자기를 꺼내 온갖 잡다한 물건을 담기 시작했다. 파울로에게는 별 쓸모가 없는 물건들 같았지만 아마도 자신들에게 값진 것만 골라 담는 것 같았다. 이윽고 여성은 꽁꽁 묶은 보자기를 파울로에게 건넸다. "저희 아들을 도와주셔서 감사합니다." 여성이 말했다.

"아니요. 받지 않겠습니다. 저는 대가를 바라고 아드님을 구한 게 아닙니다." 두 손을 펼쳐 내밀며 거절의 의사를 밝혔지만 잠시 후에는 남편까지 가세해서 그에게 꾸러미를 들이밀었다. 그들의 제안을 한사코 거절하던 파울로는 무심코 바라본 벽에서 눈을 떼지 못했다.

벽에 걸려 있는 허름한 천에는 어린아이가 아무렇게나 그린듯한, 하지만 분명 어떤 패턴을 가지고 있는 형상이 그려져 있었다. 자신이 꿈에서 보았던 그림과 정확히 같은 그것이었다.

"이것은… 이것은 어디에서 찾을 수 있습니까!?" 다급해진 목소리로 파울로가 물었다. 그는 지쳐있었다. 부모의 반대와 위험을 무릅쓰고 먼 길을 여행했지만 아무것도 찾지 못했고 이제는 어디로 가야 할지조차 알 수 없는 상황에 놓여 있었다. 소년을 만나기 전 숲길을 걸을 때에도 이제는 그만두고 돌아가야겠다는 생각만이 머릿속에 가득했다. 그런데 갑자기, 아무리 찾아도 보이지 않던 길이 눈앞에 나타났다. 칠흑 같은 어둠 속에서 가느다란 한 줄기의 빛을 만난 듯한 느낌이었다.

소년의 어머니는 파울로가 사례는 거부하고 엉뚱한 것에 관심을 보이자 의아해하며 말했다.

"그것은 사원에 가면 누구에게나 나누어 주는 것입니다." 하지만 그들은 서로의 말을 알아듣지 못했다. 결국 소년의 아버지는 나뭇가지를 집어 땅에다가 그림을 그리며 사원의 모습과 방향에 대해 알려주었다.

"고맙습니다. 정말 고맙습니다." 정중하게 인사를 건넨 파울로는 소년의 머리를 한번 쓰다듬고 그들이 알려준 방향으로 걷기 시작했다.

다시 길을 나서는 그는 아직 알지 못했다. 이 여행에서 그가 무엇을 찾게 될지. 그리고 이 소년과의 만남이 나중에 어떤 만남으로 이어질지. 돌아서서 걸어가는 파울로의 뒷모습을 보며 아케시는 언젠가 그와 다시 만나게 될 것 같다고 느꼈다.

이 책의 주인공 마르코는 보물을 찾아 여행을 떠납니다. 원하는 것은 무엇이든 갖게 해줄 수 있는 휘황찬란한 보물. 현대 사회를 살아가는 우리들 중 대다수가 찾아 헤매는 어떤 것과 닮았습니다. 하지만 어찌 된 일인지 넓은 바다를 건너도, 깊은 숲속을 누벼도 그토록 찾아 헤매는 것은 보이지 않고 어디선가 정체를 알 수 없는 목소리만 들려옵니다. 그는 항상 바깥에 있는 무언가를 찾아 헤매지만 결국 찾게 되는 것은 역설적이게도 외부의 어딘가가 아닌 내면으로 향하는 길입니다.

이는 한 번뿐인 삶을 진지하게 살아내고자 하는 사람이라면 누구도 피할 수 없는 길입니다. 자기 자신에게 정직한 삶을 살기 위해서는 나이, 직업, 국적, 성별, 사회적 지위, 물질적 재산 등 스스로를 정의하는 그 모든 것을 내려놓고 누구나 한번은 이 길을 걸어가야만 합니다. 두려움이 발목을 붙잡겠지만 외면하지 않고 그 길을 걷기로 결심한다면, 외로움을 이겨내고 그 길의 끝에 다다른다면 당신은 마침내 보물을 찾게 될 것입니다. 그것은 언제나 거기에 있었지만 우리가 바라보지 않았기에 존재조차 알지 못했던 '가능성'이라는 이름의 보물입니다.

짙은 구름에 가려진 햇살처럼 잘 보이지는 않았지만 그 눈부신 가능성은 단 한 순간도 빛을 잃은 적이 없습니다. 타인의 기대, 사회적 역할, 이상적인 생활양식, 산업, 교육, 효율성, 생산성 등등 평소엔 의식조차 하기 어렵지만 우리의 내면엔 너무나 다양한 이름의 구름들이 자리 잡고 있습니다. 당신은 구름을 걷어낼 수 있는 힘을 가진 유일한 사람입니다. 지금 이 시점에 스스로에 대해 어떤 정의를 가지고 있더라도, 여러분은 분명 그 이상의 존재입니다.

미룰 수는 있지만 결코 피할 수 없는 그 길을 향해 첫발을 내디디는데 이 책이 조금이나마 도움이 된다면 저자로서 더할 나위 없는 영광일 것입니다. 당신의 앞에 펼쳐질 그 길에 조화와 사랑, 그리고 무엇보다 평온한 마음이 함께하길 바랍니다.

ataraxia

초판 1쇄 발행 2024. 2. 16.

지은이 이하늘
펴낸이 김병호
펴낸곳 주식회사 바른북스

편집진행 박하연
디자인 한채린

등록 2019년 4월 3일 제2019-000040호
주소 서울시 성동구 연무장5길 9-16, 301호 (성수동2가, 블루스톤타워)
대표전화 070-7857-9719 | **경영지원** 02-3409-9719 | **팩스** 070-7610-9820

•바른북스는 여러분의 다양한 아이디어와 원고 투고를 설레는 마음으로 기다리고 있습니다.

이메일 barunbooks21@naver.com | **원고투고** barunbooks21@naver.com
홈페이지 www.barunbooks.com | **공식 블로그** blog.naver.com/barunbooks7
공식 포스트 post.naver.com/barunbooks7 | **페이스북** facebook.com/barunbooks7

ⓒ 이하늘, 2024
ISBN 979-11-93647-99-8 03810